WILLIAM SHAKESPEARE

A TRAGÉDIA DE ROMEU & JULIETA

Tradução
UBK Publishing House

ubook UBK Publishing House

ubook UbK
Publishing House

COORDENAÇÃO Alessandra Brito
EDIÇÃO Nikita Sigrist
COPIDESQUE Christian Danniel
REVISÃO Eduarda Rimi e Emerson Xavier
CAPA E PROJETO GRÁFICO Clarissa Duarte
IMAGENS DE CAPA raland; kulzfotolia | Adobe Stock
Lestertair | Shutterstock
DIAGRAMAÇÃO Cristiano Marques
IMAGENS DO MIOLO Andrew_Howe; seamartini;
mubai; vladayoung | iStock

Dados Internacionais de Catalogação na Publicação (CIP)
(Câmara Brasileira do Livro, SP, Brasil)

Shakespeare, William, 1564-1616

A tragédia de Romeu e Julieta / William Shakespeare ; [tradução UBK Publishing House]. – Rio de Janeiro : Ubook Editora, 2022.

Título original: The tragedy of Romeo and Juliet

ISBN 978-85-9556-302-5

1. Teatro inglês I. Título.

22-112228 CDD-822.33

Índices para catálogo sistemático:

1. Teatro : Literatura inglesa 822.33
Cibele Maria Dias - Bibliotecária - CRB-8/9427

Ubook Editora S.A

Av. das Américas, 500, Bloco 12, Salas 303/304,

Barra da Tijuca, Rio de Janeiro/RJ.

Cep.: 22.640-100

Tel.: (21) 3570-8150

Ilustração de Sir John Gilbert gravada por Dalziel para a Cena V do Ato III da peça teatral R*omeu e Julieta* (1870).

SUMÁRIO

ATO I

CENA I - UM LOCAL PÚBLICO 13
CENA II - UMA RUA 33
CENA III - UMA SALA DA CASA DOS CAPULETO 40
CENA IV - UMA RUA 49
CENA V - UM SALÃO DA CASA DOS CAPULETO 57

ATO II

CENA I - UM LOCAL ABERTO PRÓXIMO AO JARDIM DOS CAPULETO 70
CENA II - O JARDIM DOS CAPULETO 73
CENA III - A CELA DE FREI LOURENÇO 87
CENA IV - UMA RUA 95
CENA V - O JARDIM DOS CAPULETO 108
CENA VI - A CELA DE FREI LOURENÇO 114

ATO III

CENA I - UM LOCAL PÚBLICO 117
CENA II - UMA SALA DA CASA DOS CAPULETO 132
CENA III - A CELA DE FREI LOURENÇO 142
CENA IV - UMA SALA DA CASA DOS CAPULETO 157
CENA V - UMA SACADA QUE DÁ PARA O QUARTO DE JULIETA, COM VISTA PARA O JARDIM 160

ATO IV

CENA I - A CELA DE FREI LOURENÇO 181

CENA II - UM SALÃO DA CASA DOS CAPULETO 192

CENA III - O QUARTO DE JULIETA 197

CENA IV - UM SALÃO DA CASA DOS CAPULETO 202

CENA V - O QUARTO DE JULIETA; JULIETA NA CAMA 205

ATO V

CENA I - MÂNTUA. UMA RUA 217

CENA II - A CELA DE FREI LOURENÇO 223

CENA III - UM CEMITÉRIO; NELE, UM MAUSOLÉU PERTENCENTE AOS CAPULETO 226

PERSONAGENS

ÉSCALO	Príncipe de Verona
MERCÚCIO	parente do Príncipe e amigo de Romeu
PÁRIS	um jovem nobre, parente do Príncipe
MONTÉQUIO	chefe de família veronesa em conflito com os Capuleto
LADY MONTÉQUIO	esposa de Montéquio
ROMEU	filho de Montéquio
BENVÓLIO	sobrinho de Montéquio e amigo de Romeu
ABRAÃO	criado de Montéquio
BALTASAR	criado de Romeu
CAPULETO	chefe de família veronesa em conflito com os Montéquio
LADY CAPULETO	esposa de Capuleto
JULIETA	filha de Capuleto
TEOBALDO	sobrinho de Lady Capuleto
PEDRO	criado da ama de Julieta
SANSÃO	criado de Capuleto
GREGÓRIO	criado de Capuleto
FREI LOURENÇO	um franciscano
FREI JOÃO	da mesma Ordem

PAJEM DE PÁRIS.

PRIMO DE CAPULETO, UM VELHO.

AMA DE JULIETA.

UM BOTICÁRIO.

CORO.

TRÊS MÚSICOS.

UM OFICIAL.

CIDADÃOS DE VERONA; VÁRIOS HOMENS E MULHERES, RELACIONADOS ÀS DUAS FAMÍLIAS; MASCARADOS, GUARDAS, VIGIAS E SERVIÇAIS.

CENÁRIO

Durante a maior parte da peça, em Verona; uma vez, no Quinto Ato, em Mântua.

PRÓLOGO

[Entra o coro.]

CORO

Duas casas, equivalentes em dignidade,
Na agradável Verona, onde se passa esta história,
Partem de velhas brigas e renovam
a animosidade,
Quando sangue civil torna mãos civis inglórias.
Os frutos desses dois inimigos fatais,
Terminam sem vida ao cruzarem caminhos;
As desventuras do casal de amantes
serão instrumentais
Para enterrar de vez o histórico desalinho.
A terrível trama desse amor marcado
para sucumbir,
E a continuidade do ódio de duas famílias,
Que somente o perecimento de seus filhos
poderia extinguir,
É o que se passa a contar agora por duas horas
nesta vigília,
A qual atrair vossa atenção e paciência tentará,
E com grande esforço todos os detalhes oferecerá.

[Sai o coro.]

ATO I

CENA I - UM LOCAL PÚBLICO

[Entram SANSÃO e GREGÓRIO, armados de espadas e broquéis.]

SANSÃO Juro, Gregório, não podemos aceitar enrolação.

GREGÓRIO Sim, caso contrário seríamos dois carretéis.

SANSÃO Quero dizer, se ficarmos enfurecidos, saquemos nossas espadas.

GREGÓRIO Sim, mas se não tomar cuidado, sacará a própria cabeça.

SANSÃO Ataco rapidamente quando sou provocado.

GREGÓRIO	Mas você não costuma ser provocado rapidamente.
SANSÃO	Basta o latido de um cão da casa de Montéquio.
GREGÓRIO	Deixar-se provocar significa inquietar-se; e ser valente significa se manter firme: portanto, se for provocado, daria no mesmo fugir.
SANSÃO	Então hei de ficar firme diante de qualquer cão daquela casa. Derrubarei os muros de todos os homens e damas da casa dos Montéquio.
GREGÓRIO	Isso mostra como você é fraco, pois os mais fracos se recostam contra os muros.
SANSÃO	É verdade, e é por isso que as mulheres, sendo as criaturas mais fracas, acabam sempre prensadas contra a parede. Logo, afastarei os homens da família Montéquio dos muros, e contra os muros prensarei as damas.

GREGÓRIO Essa briga é entre nossos amos e nós, seus homens.

SANSÃO É tudo a mesma coisa, e eu me mostrarei um tirano. Após lutar com os homens, serei civilizado com as donzelas e lhes arrancarei as cabeças.

GREGÓRIO As cabeças das donzelas?

SANSÃO Sim, as cabeças ou os cabaços; entenda no sentido que quiser.

GREGÓRIO Elas irão atribuir sentido de acordo com o que sentirem.

SANSÃO Elas sentirão a mim enquanto eu for capaz de me manter de pé, e todos sabem que carrego um belo pedaço de carne.

GREGÓRIO Ainda bem que é de carne humana; se fosse de peixe, federia além da conta. Saque a sua arma; lá vem o pessoal da casa dos Montéquio.

SANSÃO Minha ferramenta já está em mãos; enfrente-os, vou dar cobertura.

GREGÓRIO Virará as costas e fugirá?

SANSÃO Não tema por mim.

GREGÓRIO Não temo por você, eu o temo!

SANSÃO Vamos fazer com que a lei fique do nosso lado; eles que comecem.

GREGÓRIO Vou franzir o cenho quando passar por eles, e deixar que interpretem como se atreverem.

SANSÃO Não, eles se atreverão. Morderei meu polegar para eles, o que significará sua desgraça se não reagirem.

[Entram ABRAÃO e BALTASAR.]

ABRAÃO O senhor está mordendo o polegar para nós, senhor?

SANSÃO Estou mordendo meu polegar, senhor.

ABRAÃO E o senhor está mordendo o polegar para nós?

SANSÃO Estaremos com a lei ao nosso lado se eu disser que sim?

GREGÓRIO Não.

SANSÃO Não, senhor, não estou mordendo o polegar para o senhor; mas estou mordendo o meu polegar.

GREGÓRIO Está procurando briga, senhor?

ABRAÃO Briga? Não, senhor.

SANSÃO Mas se quiser, sou o homem certo para o senhor. Sou tão homem quanto o senhor.

ABRAÃO Mas não é um homem melhor.

SANSÃO Bem, senhor...

[Entra BENVÓLIO.]

GREGÓRIO Falando em melhor, aí vem um dos parentes do meu amo.

SANSÃO Sim, melhor.

ABRAÃO Está mentindo.

SANSÃO Saque a espada, se for homem. Gregório, lembre-se daquele seu golpe atravessado.

[Lutam.]

BENVÓLIO Parem com isso, tolos! Guardem as espadas, vocês não sabem o que estão fazendo.

[Entra TEOBALDO.]

TEOBALDO O quê? Sacou a espada para esses fracos e covardes? Vire-se, Benvólio, e enfrente a sua morte.

BENVÓLIO Estou apenas tentando manter a paz. Guarde tua espada, ou use-a para me ajudar a separar esses homens.

TEOBALDO O quê? Sacou a espada e fala de paz?
Odeio tanta essa palavra quanto odeio
o inferno, todos os Montéquio e você.
Defenda-se, covarde.

[Enfrentam-se. Entram três ou quatro CIDADÃOS com porretes.]

PRIMEIRO CIDADÃO Porretes, adagas e alabardas! Atacar!
Acabem com eles! Abaixo os Capuleto!
Abaixo os Montéquio!

[Entra CAPULETO, de toga, e LADY CAPULETO.]

CAPULETO Que barulho é esse? Deem-me
minha espada!

LADY CAPULETO Uma bengala, isso sim! Por que pede
uma espada?

CAPULETO Minha espada, repito! O velho
Montéquio chegou, e exibe sua lâmina,
a despeito de minha presença.

[Entram MONTÉQUIO e LADY MONTÉQUIO.]

MONTÉQUIO Capuleto, seu vilão! Não me segure, mulher, solte-me agora!

LADY MONTÉQUIO Não se mova um centímetro na direção de um inimigo.

[Entra o Príncipe ÉSCALO, com SERVIÇAIS.]

PRÍNCIPE Súditos rebeldes, inimigos da paz,
Profanadores do aço, manchando-o com o sangue de seus vizinhos.
Será que não me ouvem? São homens ou animais
Que apagam o fogo de sua fúria perniciosa
Com as fontes roxas que brotam de suas veias?
Sob pena de tortura, de suas mãos ensanguentadas
Joguem suas armas enlouquecidas ao chão
E ouçam a sentença de seu irado príncipe.
Três guerras civis, nascidas de palavras jogadas ao vento
Por vocês, velho Capuleto e velho Montéquio.

Três vezes perturbaram a calma de nossas ruas
E fizeram com que os cidadãos mais antigos de Verona,
Vestidos com esses adereços sepulcros,
Empunhassem alabardas tão velhas quanto si próprios
Para acabar com a paz e disseminar ódio.
Se perturbarem a paz de nossas ruas outra vez,
Pagarão com suas vidas.
Por agora, todos os demais devem se sumir de minhas vistas.
Você, Capuleto, venha comigo,
E Montéquio, venha me ver hoje à tarde,
Para saber de minha resolução neste caso,
No velho Tribunal, nosso local público de julgamento.
Mais uma vez, sob pena de morte, dispersem-se.

[Saem o PRINCÍPE e seus SERVIÇAIS, CAPULETO, LADY CAPULETO, TEOBALDO, CIDADÃOS e CRIADOS.]

MONTÉQUIO Quem foi que reiniciou essa velha rixa?
Fale, sobrinho, estava presente quando
tudo começou?

BENVÓLIO Aqui estavam os criados de seu adversário
E seus próprios criados enfrentando-se
quando me aproximei.
Saquei a espada para separá-los no
instante em que chegou
O furioso Teobaldo, de espada em riste
E gritando em meus ouvidos,
desafiando-me,
Brandiu a arma sobre a cabeça e cortou
o ar,
Que, não se deixando ferir, respondeu
assobiando em zombaria.
Enquanto trocávamos golpes e ofensas
Foram chegando cada vez mais homens,
brigando de um lado ou de outro,
Até que o príncipe chegou,
participando sem tomar parte.

LADY MONTÉQUIO Ó, onde está Romeu? Você o viu hoje?
Ainda bem que ele não participou
desta refrega.

BENVÓLIO Senhora, uma hora antes de nosso adorado sol
Espiar-nos pela janela dourada do leste,
Uma inquietação empurrou-me para fora da cama,
E segui até o bosque de figueiras,
A oeste da cidade, onde, ainda antes do amanhecer,
Vi seu filho vagueando.
Caminhei até ele, mas, quando me viu,
Escondeu-se no bosque.
Comparando os desejos dele com os meus,
Ciente de que a maioria das pessoas,
Quanto mais sozinhas estão, mais ocupadas ficam,
Decidi continuar meu rumo, sem perseguir o dele
E de bom grado deixei de lado quem me evitou.

MONTÉQUIO Ele tem sido visto no bosque muitas vezes às manhãs,
Suas lágrimas acrescentando ao orvalho fresco da manhã,

Acrescentando mais nuvens ao algodão do céu;
Mas assim que o sol, que a tudo alegra,
Começa a surgir no extremo leste e a afastar
As cortinas sombreadas do leito de Aurora,
Meu filho, soturno, foge da luz,
Volta para casa e tranca-se em seu quarto,
Fecha as janelas, bloqueando a luz do dia,
E cria para si uma noite artificial.
Obscuro e agourento seu estado de espírito se torna,
A menos que um bom conselho consiga afastar a causa.

BENVÓLIO Meu nobre tio, o senhor sabe qual é a causa?

MONTÉQUIO Não sei, nem consigo fazê-lo me dizer.

BENVÓLIO O senhor já insistiu por todos os meios?

MONTÉQUIO

Tanto pelos meus quanto pelos meios
de muitos amigos;
Mas ele, conselheiro de seus
próprios sentimentos,
Fica fechado em si mesmo, e não sei se
para o bem.
E em si mesmo permanece, tão secreto
e tão misterioso,
Tão inconstante e tão avesso,
Que se assemelha a um botão de
flor envenenado
Antes que possa espalhar suas doces
pétalas ao vento
Ou dedicar sua beleza ao sol.
Se pudéssemos saber de onde vem
sua tristeza,
De bom grado, lhe daríamos a cura
ao alcance.

[Entra ROMEU.]

BENVÓLIO

Vejam, ele está chegando. Por favor,
deixem-nos a sós;
Ou ele falará de seu tormento, ou
rejeitará minha companhia.

MONTÉQUIO	Espero que você tenha êxito ao ficar aqui A fim de arrancar a verdade dele. Vamos embora, senhora.

[Saem MONTÉQUIO e LADY MONTÉQUIO.]

BENVÓLIO	Bom dia, primo.
ROMEU	O dia ainda é tão jovem?
BENVÓLIO	Acaba de completar nove horas.
ROMEU	Ai de mim, as horas tristes parecem longas. Foi meu pai que partiu tão rápido?
BENVÓLIO	Sim. Que tristeza é essa que prolonga as horas de Romeu?
ROMEU	Não ter aquilo que, quando se tem, as encurta.
BENVÓLIO	O amor?
ROMEU	A falta dele.

BENVÓLIO Não ama ninguém?

ROMEU Não sou amado por aquela que amo.

BENVÓLIO Ai desse amor, tão gentil à primeira vista,
Revelar-se tão tirano e duro.

ROMEU Ai desse amor, cuja visão
está bloqueada,
Deverá, sem olhos, enxergar os
caminhos do desejo!
Onde será a ceia? Ah, céus! Que briga
ocorreu aqui?
Ou melhor, não me diga, pois ouvi tudo.
Tem muito a ver com o ódio, porém
mais ainda com o amor.
Ó, amor violento! Ó, ódio amoroso!
Ó, qualquer coisa, nascida do nada!
Ó, leveza pesada! Vaidade séria!
Caos deformado de formas belas!
Pluma de chumbo, fumaça brilhante,
fogo frio, saúde doentia!
Dormir acordado, nada é aquilo que é!
Este amor sinto eu, e o amor não
me sente.
Não vai rir?

BENVÓLIO Não, primo, estou a ponto de chorar.

ROMEU Por que, bondoso homem?

BENVÓLIO Por ver outro bondoso homem
oprimido de tal forma.

ROMEU Ora, mas essa é a transgressão do amor.
Minhas mágoas jazem pesadas no
meu peito,
E você as propaga ainda mais
Com este amor que demonstrou.
Acrescenta mais tristeza ao meu
próprio sofrimento.
O amor é uma fumaça feita com o
vapor dos suspiros;
Sendo purgado, é o fogo que brilha nos
olhos dos amantes;
Frustrado, é o mar nutrido pelas
lágrimas dos mesmos olhos:
O que mais é o amor? A mais discreta
das loucuras,
Fel asfixiante, doçura contínua.
Adeus, primo.

[Vira-se para partir.]

BENVÓLIO Espere! Vou com você.
E, se me deixar assim, estará
me injustiçando.

ROMEU Eu me perdi de mim mesmo; não
estou aqui.
Este não é Romeu, ele está em algum
outro lugar.

BENVÓLIO Diga-me: quem você ama com
tanta tristeza?

ROMEU Devo lamentar e lhe dizer?

BENVÓLIO Lamentar? Ora, não, mas diga-me
quem é, ainda que triste.

ROMEU Pedir a um homem doente de tristeza
que redija seu testamento
É algo que não se pede a alguém imerso
em sofrimento.
É com tristeza, primo, que amo
aquela mulher.

BENVÓLIO Cheguei perto ao presumir que
estava apaixonado.

ROMEU Sua mira é certeira, e ela é linda, aquela que amo.

BENVÓLIO Um belo alvo, meu belo primo, deve ser logo atingido.

ROMEU Nisso você está errado: ela não
é alcançável
Pela flecha do Cupido; sua inteligência
à de Diana é comparável.
Arma-se fortemente de sua castidade,
Isenta-se do infantil amor e
suas futilidades.
Não se deixa cercear por
expressões amorosas.
Tampouco se deixa afetar por
olhadelas ardorosas,
Não estende os braços para ouro ou
quaisquer oferendas:
Ó, ela é rica em beleza, é uma pena!
Quando morrer, morrerá o exemplar de
beleza plena.

BENVÓLIO Ela fez voto de viver em castidade?

ROMEU Sim e, dessa forma, poupa-se e comete
enorme desperdício;
Pois a beleza, faminta por causa da
severa resolução,
Privará o mundo de qualquer beleza
em devolução.
É muito bela, é muito sábia; sabiamente
bela, demasiado,
Diverte-se ao me fazer um
homem desesperado.
Renunciou ao amor e, com tal
voto cruel,
Transformou este que vos fala em um
morto donzel.

BENVÓLIO Obedeça-me no seguinte: esqueça-se de
pensar nela.

ROMEU Ensine-me a esquecer de pensar.

BENVÓLIO Dê liberdade aos seus olhos,
Poderá examinar outras belezas.

ROMEU Ó, caro primo, apenas se for
Para remoer a dela, tão superior.

As máscaras felizes que beijam as
frontes de nossas damas,
Fazem-nos imaginar que lhes escondem
a trama;
Aquele que ficou cego de amor não
consegue esquecer
O tesouro precioso e perdido de suas
vistas até perecer.
Mostre-me uma moça
aceitavelmente bela,
E sua beleza não passará de balela,
Que apenas me lembrará da perfeição
daquela donzela.
Adeus, você não pode me ensinar
a esquecer.

BENVÓLIO Fá-lo-ei esquecer, ou então hei
de morrer.

[Saem.]

CENA II - UMA RUA

[Entram CAPULETO, PÁRIS e um CRIADO.]

CAPULETO Montéquio está tão encrencado quanto eu,
Ameaçado de punições semelhantes; mas não será difícil,
Acho, para dois velhos como nós preservarem a paz.

PÁRIS Ambos são considerados honrados,
E é uma pena que tenham vivido em atrito por tanto tempo.
Mas e agora, meu senhor, o que tem a dizer ao meu pedido?

CAPULETO Nada diferente daquilo que já disse antes.
Minha filha ainda é uma estranha a este mundo,
Ainda nem passou pela completude dos quatorze anos;
Deixe que os esplendores de mais dois verões esmaeçam
Antes de decretarmos que os preparativos nupciais aconteçam.

PÁRIS Há moças mais jovens do que ela que são mães e felizes.

CAPULETO Tais moças casaram-se e foram feitas cedo demais.

A terra engoliu todas as minhas esperanças, a
exceção é ela,
Minha filha, a esperançosa herdeira de
minhas terras.
Mas corteje-a, gentil Páris, almeje conquistar-lhe
o coração,
Meu consentimento é apenas uma parte
da questão;
Se ela estiver de acordo, por escolha própria,
Ouvirá minha voz em ressonância na mesma hora.
Hoje à noite oferecerei um banquete, um
velho costume,
Para o qual chamei muitos convidados,
Todos de quem gosto muito, e, assim como
os demais,
Você é muito bem-vindo a tornar a lista
harmônica, ainda mais.
Em minha humilde casa, busque observar
sem afoite
As estrelas que tornam mais luminosa a escuridão
da noite;
A boa sensação que atinge em cheio os jovens
lascivos
Quando chega o mês de abril, intempestivo,
Deixando para trás o inverno errante, trazendo
os frescores

Que sentirás hoje em minha casa, junto às flores:
O prazer de estar entre os brotos femininos
e delicados.
Fique de olhos e ouvidos abertos, aguçados.
Atente-se àquela que parecer-lhe digna e valorosa.
Minha filha é apenas uma dentre as
mais esplendorosas.
Vamos, venha comigo. [*Dirige-se ao criado*] Vá,
rapaz, percorra
Nossa bela Verona; encontre essas pessoas,
Cujos nomes estão escritos aqui [*Entrega um
papel*], e lhes diga
Que minha casa estará aberta e que as receberei
com alegria.

[Saem CAPULETO e PÁRIS.]

CRIADO Encontrar as pessoas cujos nomes estão escritos aqui! Está escrito que ao sapateiro cabe se ocupar com fitas métricas, e ao alfaiate, com sapatos; ao pescador, com pincéis, e ao pintor, com redes. Ordenam-me a encontrar aqueles cujos nomes aqui estão escritos, logo eu, que jamais poderei saber que nomes intencionou escrever aqui a pessoa que os escreveu. Vou buscar uma pessoa letrada. E depressa!

[Entra BENVÓLIO e ROMEU.]

BENVÓLIO Ora, homem, o fogo de um apaga o incêndio de outro,
E a dor deste é atenuada pela angústia daquele;
Faça deste sentimento de tristeza o seu tesouro,
Um novo desespero cura o antigo, que então parece perene.
Provoque uma nova infecção aos seus olhos viciados,
E o que o aflige hoje morrerá envenenado.

ROMEU Folha de plátano é excelente para isso.

BENVÓLIO Para o quê?

ROMEU Para coração partido.

BENVÓLIO Ora, Romeu, enlouqueceste?

ROMEU Não enlouqueci, porém encontro-me mais amarrado do que um louco;
Mantido prisioneiro, sem meu alimento,
Chicoteado e atormentado e… Salve, bom companheiro.

CRIADO Que Deus o abençoe, senhor. Sabe ler?

ROMEU Sim, passo a vida lendo meu infortúnio em meu sofrimento.

CRIADO Talvez o senhor tenha aprendido sem livros. Mas eu lhe pergunto, o senhor consegue ler tudo o que vê?

ROMEU Sim, se reconhecer as letras e o idioma.

CRIADO O senhor fala com sinceridade, passar bem!

ROMEU Fique, amigo; eu sei ler.
[*Lê a carta.*]
O sr. Martino, esposa e filhas;
O Conde Anselmo e suas belíssimas irmãs;
A dama viúva de Vitrúvio;
O sr. Placêncio e suas adoráveis sobrinhas;
Mercúcio e seu irmão Valentino;
Meu tio Capuleto, esposa e filhas;
Minha bela sobrinha Rosalina e Lívia;
O sr. Valêncio e seu primo Teobaldo;
Lúcio e a alegre Helena.
Eis um belo grupo. [*Devolve o papel.*] Aonde devem ir?

CRIADO Para cima.

ROMEU Jantar? Aonde?

CRIADO Para nossa casa.

ROMEU Para a casa de quem?

CRIADO Do meu amo.

ROMEU De fato, eu deveria ter começado por aí.

CRIADO Agora lhe direi sem que me pergunte. Meu amo é o grande e rico Capuleto, e se os senhores não são da casa dos Montéquio, peço que venham e bebam uma taça de vinho. Passar bem.

[Sai.]

BENVÓLIO Nesta tradicional festa dos Capuleto
Jantará a bela Rosalina que tanto amas,
Ao lado de todas as belezas admiradas de Verona.
Vá até lá e, com um olhar imparcial,
Vislumbre o dela e os demais rostos,
E eu lhe farei perceber que teu cisne é um corvo.

ROMEU Se meu olhar, religiosamente devoto,
Estiver enganado, que minhas lágrimas
virem fogo;
Depois de tanto se afogar por um propósito,
Se herege, deve queimar, posto que mentiroso.
Alguém mais bela que meu amor andando por aí?
Nem mesmo o sol, que a tudo vê, diria "eu já vi".

BENVÓLIO Você a viu bela, só, sem nenhuma outra por perto,
Somente ela diante de seus olhos que
considera espertos,
Mas nessa tua balança de cristal deixe
que pesemos
Seu grande amor contra outra donzela
que prezemos.
Mostrar-lhe-ei ao menos uma ao longo dessa festa,
Que se revelará mais bonita e mais honesta.

ROMEU Eu irei com você, não para que me mostre
tal visão,
Mas para regozijar-me com a que já arrebatou
meu coração.

[Saem.]

CENA III - UMA SALA DA CASA DOS CAPULETO

[Entram LADY CAPULETO e a AMA.]

LADY CAPULETO Ama, onde está minha filha? Chame-a para mim.

AMA Por minha virgindade, perdida aos doze anos,
Já lhe pedi que viesse até aqui. Querida!
Deus me livre! Onde está essa moça?
Ora, Julieta!

[Entra JULIETA.]

JULIETA O que houve? Quem me chama?

AMA Sua mãe.

JULIETA Senhora, aqui estou. O que deseja?

LADY CAPULETO O assunto é o seguinte… Ama, deixe-nos a só um instante,
Precisamos conversar em sigilo. Ama, volte,
Percebi agora que deve ouvir
nossa conversa.
Conheces minha filha há muito tempo.

AMA Posso dizer a idade dela até em horas.

LADY CAPULETO Ela ainda não completou quatorze anos.

AMA Juraria por quatorze de meus dentes,
Se eu não tivesse, na verdade, apenas quatro,
Que ela ainda não completou quatorze.
Quanto tempo falta
Para chegar o dia primeiro de agosto?

LADY CAPULETO Um pouco mais de duas semanas.

AMA Pouco mais ou pouco menos, de todos os dias do ano,
À véspera do primeiro de agosto, ela fará quatorze.
Susana e ela — Deus guarde todas as almas cristãs! —
Eram da mesma idade. Bem, Susana está com Deus;
Ela era boa demais para mim. Mas, como eu ia dizendo,
Na véspera do primeiro de agosto, ela fará quatorze;
Haja o que houver, terá quatorze; eu lembro bem.

Desde o terremoto, já se passaram
onze anos.
E ela desmamou — nunca me
esquecerei —,
De todos os dias do ano, naquele
exato dia.
Pois eu tinha passado losna no meu peito
E sentei-me ao sol junto ao pombal;
Meu amo e a senhora estavam
em Mântua.
Que memória boa eu tenho! Mas, como
eu ia dizendo,
Quando ela sentiu o gosto de losna
no mamilo
E percebeu que era amargo, a tolinha,
Ficou irritada e brigou com meu seio!
O pombal balançou, e eu pensei
Que aquilo já era um exagero.
E desde então passaram-se onze anos.
Àquela época ela já conseguia ficar de
pé sozinha;
Não, àquela altura já podia correr de
um lado para o outro.
No dia anterior a menina tinha dado
com a testa,

E então meu marido — que Deus o tenha! —,
Que era um homem alegre, pegou-a no colo e disse:
"Caíste de cara no chão,
pobre criaturinha?
Saibas que cairás de costas quando fores mais espertinha;
Não é mesmo, Juli?". E, por Deus, senhora,
A bela bobinha parou de chorar e respondeu "Sim".
Agora, veja como são as coisas.
Eu juro, mesmo que viva mil anos,
Nunca vou me esquecer. "Não é mesmo, Juli?",
E a bela bobinha não disse outra coisa senão "Sim".

LADY CAPULETO Agora chega; cale-se, por favor.

AMA Sim, senhora, mas não consigo evitar de rir,
Só de imaginar que ela parou de chorar e disse "Sim";

E, no entanto, posso garantir que tinha na testa
Um calombo tão grande quanto o colhão de um galo jovem;
Um baita inchume, pelo qual chorava amargamente.
"Caíste de cara no chão, pobre criaturinha?", disse meu marido.
"Saibas que cairás de costas quando fores mais velhinha.
Não é mesmo, Juli?", e ela não disse outra coisa senão "Sim".

JULIETA Não diga você também mais outra coisa, por favor, Ama.

AMA Já terminei. Deus a abençoou com tanta graça,
Foste a criança mais linda que já criei,
E espero estar viva para vê-la casar, esse é o meu desejo.

LADY CAPULETO Pois casamento é justamente o assunto
Sobre o qual eu desejava falar. Diga-me, filha Julieta,
Como está sua disposição para casar?

JULIETA É uma honra com a qual não sonho.

AMA Uma honra! Não fosse eu sua
única ama,
Diria que mamou sabedoria do peito.

LADY CAPULETO Comece a sonhar então. Damas mais
novas que você,
Aqui em Verona, prestigiadas
e respeitadas,
Já são mães e esposas. Pelas
minhas contas,
Eu já era sua mãe bem antes
Da idade que você tem agora. Assim,
em resumo:
O nobre Páris quer se casar com você.

AMA Tal homem, mocinha! Mocinha,
tal homem
É o que todas desejam.

LADY CAPULETO Nem mesmo o verão de Verona dá
flores assim.

AMA Sim, ele é uma flor, de fato, uma
bela flor.

LADY CAPULETO O que me diz? Poderia amar
o cavalheiro?
Hoje à noite, poderá vê-lo em
nossa festa;
Observe o poema que é o rosto do
jovem Páris,
Encontre nele o encanto escrito com a
pena da beleza.
Examine cada traço exprimido por
cada verso,
E veja como cada um acrescenta
conteúdo ao outro.
Os sentidos obscuros e indecifráveis
Poderão ser explicados pelos
olhos afáveis.
O livro de amor que ele tenta escrever
Só precisa de uma capa para
mais embelecer.
O peixe vive no mar, e a coisa
mais correta
É que a beleza exterior complemente a
beleza interna.
O livro conteria aos olhos de todos a
verdadeira glória,
Que com fechos de ouro guarda uma
preciosa história.

De tudo que ele oferece
poderias compartilhar,
Sem prejuízo para si, basta se casar.

AMA Prejuízo algum. Tornar-se-ia maior. As mulheres crescem com os homens.

LADY CAPULETO Responda de uma vez: o amor de Páris agradar-lhe-ia?

JULIETA Vou observar para aprender a gostar, se puder gostar ao observar,
Mas meu olhar não se distanciará
Da altura do voo que me
permitires alçar.

[Entra um CRIADO.]

CRIADO Madame, os convidados chegaram, o jantar foi servido, a senhora é requisitada, a jovem senhorita é procurada, a ama está sendo xingada na copa, e tudo está um caos. Preciso ir agora, por isso, suplico-lhes que se apressem.

LADY CAPULETO Já vamos.

[Sai o CRIADO.]

Julieta, o Conde espera por você.

AMA Vá, menina, vá em busca de noites felizes para que dias felizes nasçam.

[Saem.]

CENA IV - UMA RUA

[Entram ROMEU, MERCÚCIO, BENVÓLIO, cinco ou seis MASCARADOS, PORTADORES DE TOCHAS e outros.]

ROMEU
E então, devemos nos apresentar com
um discurso?
Ou vamos entrar sem dizer palavra?

BENVÓLIO
Hoje em dia não estão na moda as prolixidades.
Não teremos um Cupido de olhos vendados,
Com um arco da Tartária, feito de ripa e pintado,
Assustando as moças como se fosse
um espantalho;
Nem teremos um prólogo sem livro proferido
Após o anúncio de nossa entrada.
Eles que nos meçam com suas medidas,
Nós faremos uma mesura e
meramente partiremos.

ROMEU
Deem-me uma tocha, não estou
para brincadeiras,
E assim tão soturno como estou, carregarei a luz.

MERCÚCIO
Não, gentil Romeu, viemos aqui fazê-lo dançar.

ROMEU Não posso, acreditem: estão usando sapatos próprios para dançar,
Cujo material é leve. Já eu tenho uma alma feita de chumbo,
Por isso, nem se quisesse, conseguiria avançar.

MERCÚCIO És um romântico, pegues de vez as asas do Cupido
E eleve-se acima de tudo isso.

ROMEU Sua flecha me atravessou tão profundamente,
Que é impossível para mim voar com suas plumas.
Mal consigo emitir som além de gemidos,
Esmagado sob o pesado fardo do amor.

MERCÚCIO Esmagado pelo amor, afundado em agonia,
É opressão grande demais para uma coisa terna.

ROMEU O amor é uma coisa terna? Não, é antes agressivo,
Por demais impiedoso, por demais turbulento; fere como um espinho.

MERCÚCIO Se o amor for duro com você, seja duro com o amor;

Fira com ferro aquele que com ferro fere, e o vencerá.
Deem-me algo para esconder meu rosto.
[*Coloca uma máscara.*]
Uma máscara para outra máscara. De que me importa
Que olhares curiosos observem minhas deformidades?
Mas aí está o disfarce que irá se envergonhar por mim.

BENVÓLIO Vamos bater à porta e entrar; assim que tivermos entrado,
Cada homem estará entregue à própria sorte.

ROMEU Uma tocha para mim: deixo que os tolos de coração leve
Movam insensatamente seus calcanhares;
Como um velho ditado já dizia,
Segurarei vela, e observarei vossa alegria,
O jogo nunca foi justo, e já encontrei minha ruína.

MERCÚCIO Ora, quem frequenta escombros são os ratos.
Se está em ruína, nós o tiraremos dos destroços
Do amor que o esmaga até o pescoço.
Vamos, queimamos fogueira à luz do dia.

ROMEU Não é verdade.

MERCÚCIO Quis dizer, senhor, que com esse atraso
Desperdiçamos nossas luzes, como se as
acendêssemos ao acaso.
Aceite nosso conselho; cinco vezes melhor é
nosso julgamento
Do que os cinco sentidos juntos em lamento.

ROMEU E temos as melhores intenções ao ir a essa festa,
Mas nisso não há nenhum bom senso.

MERCÚCIO Pode-se perguntar por quê?

ROMEU Tive um sonho esta noite.

MERCÚCIO Eu também.

ROMEU Bem, qual foi o seu sonho?

MERCÚCIO Que os sonhadores muitas vezes mentem.

ROMEU Na cama, dormindo, o que sonham
parece verdadeiro.

MERCÚCIO Ó, então, vejo que recebeu a visita da Rainha Mab.
Ela é a parteira das fadas; surge em forma
Não maior do que uma pedra de ágata
No dedo indicador de um governante,
Puxada por um grupo de pequenos seres
Que passeiam nos narizes dos
homens adormecidos.
As rodas são feitas de pernas de libélulas;
A cobertura, de asas de gafanhotos;
As rédeas, de finas teias de aranha;
As coleiras, de raios banhados pelo luar;
Seu chicote, do osso de um grilo; o açoite,
de antenas;
Seu cocheiro, um pequeno mosquito cinza,
Do tamanho de meia larvinha,
Puncionada do dedo de uma donzela.
A carruagem é uma casca de avelã vazia,
Feita por um esquilo carpinteiro ou por
velhas lagartas,
Os fabricantes de carruagem das fadas.
E, dessa forma, ela corre noite após noite
Atravessando os cérebros dos amantes, que
sonham com o amor;
Os joelhos dos cortesãos, que sonham com
mesuras intermináveis;

Os dedos dos advogados, que sonham
interminavelmente com honorários;
Os lábios das senhoras, que beijam
interminavelmente nos sonhos,
Os quais, muitas vezes, a irascível Mab enche
de aftas,
Pois o hálito dessas damas cheira a doces.
Às vezes, ela galopa pelo nariz de um cortesão,
E então ele sonha que sente o cheiro de um
novo traje;
E às vezes ela vem com o rabo de um porco fazer
Cócegas no nariz de um pastor enquanto
ele dorme,
E então ele sonha com seus ganhos paroquiais.
Às vezes, ela dirige sua carruagem no pescoço de
um soldado,
E ele sonha em degolar estrangeiros,
Sonha com trincheiras, emboscadas,
espadas espanholas,
Bebidas e farras, até que ela rufa os tambores
No ouvido do soldado, que, desesperado, acorda
E, assustado, faz uma ou duas preces
E torna a dormir. Essa é a mesma Mab
Que embaraça a crina dos cavalos à noite;
E coloca fogo nos cabelos embaraçados pelas fadas,

Que, uma vez penteados, são presságio de má sorte.
É a bruxa que, quando as damas se deitam de barriga para cima,
Pesa sobre elas e é a primeira a ensinar-lhes a suportar peso,
Fazendo delas mulheres capazes de carregar outros pesos no futuro.
Ela é...

ROMEU Chega, Mercúcio, basta,
Está dizendo coisas sem sentido.

MERCÚCIO É verdade, estou falando de sonhos,
Que são os filhos de um cérebro ocioso,
O princípio de nada além de fantasias vãs,
Que são tão escassas de substância quanto o ar,
E mais inconstantes do que o vento, que corteja
Neste momento o âmago dos países do norte
E, quando enfurecido, sopra longe dali,
Dirigindo seus olhares para o orvalho que cai ao sul.

BENVÓLIO O vento de que falas nos sopra.
O jantar está servido, e chegaremos tarde demais.

ROMEU Temo que seja cedo demais.
Alguma consequência, ainda pendente
das estrelas,
Iniciará amargamente seu tímido encontro com
o destino
Na festa desta noite, e será ela quem expirará
o prazo
De uma vida desprezada, apertada em meu peito,
Por alguma penalidade vil de morte prematura.
Mas que aquele que segura o leme
Direcionará minha vela. Em frente,
companheiros!

BENVÓLIO Toquem os tambores.

[Saem.]

CENA V - UM SALÃO DA CASA DOS CAPULETO

[Músicos esperando. Entram os CRIADOS.]

PRIMEIRO CRIADO Onde está Caçarola, que não está ajudando a tirar a mesa? Ele troca as travessas e aproveita para raspá-las!

SEGUNDO CRIADO Quando as boas maneiras estão todas legadas às mãos de um ou dois homens, e elas não estão lavadas, é porque a coisa está feia.

PRIMEIRO CRIADO Levem daqui esses banquinhos! Movam o aparador de lugar! Atenção às bandejas! Meu caro, traga-me a massa! Por caridade, avise ao vigia para deixar entrar Susana e Nélia. Antônio e Caçarola!

SEGUNDO CRIADO Fale, rapaz!

PRIMEIRO CRIADO Estão te chamando, estão te procurando, estão te esperando no salão principal.

SEGUNDO CRIADO Não podemos estar em dois lugares ao mesmo tempo. Ânimo, rapazes. Sejam rápidos, e quem tiver o fígado mais forte leva tudo.

[Saem. Entram CAPULETO e companhia, os Convidados e os Mascarados.]

CAPULETO Bem-vindos, cavalheiros. As damas que têm os dedos
Livres de calos dançarão com vocês.
Ah, minhas senhoras, qual de vocês
Negar-se-á a bailar? Sobre aquela que negar,
Espalharei o boato de que tem calos.
Convenci?
Bem-vindos, cavalheiros! Foi-se o tempo
Em que usei máscara e sussurrei
Agrados no ouvido de uma bela dama.
Já se foi, já se foi, já se foi.
Sejam bem-vindos, cavalheiros!
Músicos, toquem!
Para o salão, abram espaço! Dancem, senhoritas!

[A música começa, os Convidados dançam.]

Mais luz, criados; afastem as mesas,
criados;
E apaguem o fogo, o salão está ficando
muito quente.
Ah, esses imprevistos chegam em
boa hora.
Sente-se, sente-se, bom
primo Capuleto,
Pois você e eu já passamos da idade
de dançar;
Quanto tempo faz que eu e
você aparecemos
Mascarados em um baile?

PRIMO DE CAPULETO Minha Nossa Senhora, uns trinta anos.

CAPULETO Ora, homem, não faz tanto
tempo assim.
Foi no casamento de Lucêncio.
À época de Pentecostes, logo terão sido
Cerca de vinte e cinco anos que
dançávamos mascarados.

PRIMO DE CAPULETO Faz mais tempo. O filho dele é mais
velho que isso, senhor;
O filho dele tem trinta anos.

CAPULETO Jura?
Não faz nem dois anos que o filho dele
era apenas um fedelho.

ROMEU Que dama é aquela que enfeita
e enriquece
A sortuda mão daquele cavaleiro?

CRIADO Não sei, senhor.

ROMEU Ó, é a professora que ensina as tochas
a brilhar!
Suspensa no véu da noite,
parece flutuar.
Parece a rica joia de um etíope nobre;
Beleza cara, preciosa demais para esta
terra pobre!
Assim como uma pomba branca em
meio aos corvos,
Apresenta-se aquela dama no meio
do povo.
Admiro-a enquanto dança, a
admirarei parada
E a tocarei com minha rude mão, que
então será abençoada.

Será que meu coração amou antes de
agora? Impossível!
Pois até esta noite a verdadeira beleza
me era inacessível.

TEOBALDO

Pela voz que ouço, deve ser
um Montéquio.
Traga minha espada, rapaz. Como ousa
este condenado
Vir até aqui, atrás de um disfarce
mal-ajambrado,
Para rir e zombar de nossa solenidade?
Pela estirpe e pela honra de meus iguais,
Matá-lo hoje não seria pecado nos
planos espirituais.

CAPULETO

Ora, meu querido!
Por que está tão exaltado?

TEOBALDO

Tio, aquele é um Montéquio,
nosso inimigo;
Um canalha, que veio aqui
por despeito,
Para zombar de nossa solenidade
sem direito.

CAPULETO	É o jovem Romeu, não é?
TEOBALDO	O próprio, o patife chamado Romeu.
CAPULETO	Controle-se, gentil sobrinho, e deixe-o em paz, Ele está se portando como um cavalheiro. E, para dizer a verdade, Verona gaba-se dele Por ser um jovem virtuoso e de bom senso. Nem por toda a riqueza da cidade Eu iria querer que ele fosse insultado em minha casa. Portanto, seja paciente, não dê-lhe atenção. Essa é a minha vontade; se vai respeitá-la, Seja civilizado e desfaça a carranca, Pois tal semblante é impróprio para uma festa.
TEOBALDO	Torna-se próprio quando um canalha é convidado. Não vou tolerar sua presença aqui.

CAPULETO

Ele há de ser tolerado aqui.
Meu rapaz, se digo que ele será
tolerado, ele será;
Quem é o amo aqui? Eu ou você?
Coloque-se em seu lugar.
Não vai tolerá-lo aqui! Que Deus me
ajude, então.
Criarás um motim entre
meus convidados?
Quer bancar o galo, o valentão?

TEOBALDO

Ora, tio, isso é uma vergonha.

CAPULETO

Repito: coloque-se em seu lugar!
És um menino insolente. Não
é mesmo?
Isso ainda pode lhe custar caro, eu sei
que sim.
Achas que podes me contrariar! Ora,
este é o momento.
Correto, amigos! Um mimado;
vá embora.
Cale-se, ou — Mais luz, mais luz! —
Que vergonha!
Farei com que se cale. Ora, alegria,
meus amigos!

TEOBALDO Paciência coagida, somada à obstinada cólera,
Faz minhas carnes tremerem, dada a diferença óbvia.
Retiro-me. Mas aviso que, agora disfarçada de mel,
Esta intrusão se revelará o mais amargo fel.

[Sai.]

ROMEU [*Para JULIETA.*]
Se eu profanar com minha indigna mão
Este santuário sagrado, pagarei o preço do pecado.
Meus lábios, peregrinos envergonhados, posicionados estão
Para suavizar o rude toque com o beijo mais delicado.

JULIETA Bom peregrino, não fazes justiça à própria mão,
Que tão sutilmente se demonstrou devota e fiel;
Os santos estendem as palmas aos peregrinos irmãos,

O beijo do romeiro aproxima Terra
e Céu.

ROMEU

Mas não têm lábios os santos, tal como
os romeiros?

JULIETA

Sim, peregrino, lábios que devem usar
na oração.

ROMEU

Ó, querida santa, que os lábios se unam
como as mãos fazem;
Conceda-me essa oração para que a fé
não se transforme em desespero.

JULIETA

Os santos não se movem, mesmo
quando concedem os desejos dos fiéis.

ROMEU

Então não se mova enquanto faço
minha prece.
Por meus lábios e pelos seus, meu
pecado é absolvido.

[Beija-a.]

JULIETA

Então meus lábios agora têm o pecado
que tomaram dos teus.

ROMEU Tomaste-o de meus lábios? Ó, que doce tentação!
Devolva-me meu pecado.

JULIETA Tu beijas conforme mandam os livros.

AMA Senhorita, sua mãe deseja falar com você.

ROMEU Quem é a mãe dela?

AMA Ora, caro rapaz,
A mãe dela é a senhora da casa:
Uma boa dama, sábia e virtuosa.
Cuidei de sua filha, a donzela com quem proseava.
E lhe digo: aquele que conseguir conquista-la
Encherá os bolsos de moedas.

ROMEU Ela é uma Capuleto?
Ó, o preço a se pagar! Minha vida está na mão do inimigo.

BENVÓLIO Vamos andando, a festa está no ápice.

ROMEU É o que temo; aumenta minha inquietude.

CAPULETO Não, senhores, não vão embora ainda,
Teremos um banquete insignificante.
Vão mesmo embora? Então, eu lhes agradeço a presença;
Agradeço-lhes, honestos senhores.
Boa noite!
Mais tochas aqui! Vamos então, vamos para a cama.
Ah, senhor, já está ficando tarde,
Este idoso já vai se retirar.

[Saem todos menos JULIETA e a AMA.]

JULIETA Venha cá, ama. Quem é aquele cavalheiro?

AMA O filho e herdeiro do velho Tibério.

JULIETA E quem é aquele que está saindo?

AMA Parece-me que é o jovem Petrúquio.

JULIETA E aquele que o segue logo atrás, aquele que não dançou?

AMA Não sei.

JULIETA Vá perguntar o nome dele. Se for casado,
Meu leito de núpcias será meu túmulo.

AMA O nome é Romeu, e é um Montéquio,
O filho único de seu grande inimigo.

JULIETA Meu único amor, nascido de antigo
ódio que arde!
Cedo demais o vi, e o conheci
muito tarde!
Por esse amor meu coração
é mortificado.
Como posso amar um inimigo
tão odiado?

AMA O que é isso? O que é isso?

JULIETA Um poema que aprendi agora
há pouco,
Com alguém com que dancei.

[Alguém, de dentro, chama: "Julieta!"]

AMA Já vamos!
Vamos embora, os convidados já
se foram.

[Saem.]

ATO II

[Entra o coro.]

CORO O antigo desejo jaz em seu leito de morte,
E a nova afeição se prontifica a ocupar seu lugar;
Aquela beleza por quem o jovem apaixonado perdera todo o porte,
Em comparação à terna Julieta torna-se feia e vulgar.
Agora Romeu ama novamente e é amado,
Ambos enfeitiçados pelo encanto da aparência;
À sua suposta inimiga ele se declara condenado,
E à doce isca do amor ela não oferece resistência.
Jurado como rival, ele se vê proibido
De sussurrar as juras queridas aos amantes;
Mesmo apaixonada, a donzela enfrentaria muitos perigos
Ao tentar fugir com o amado em encontros errantes.
Porém a paixão lhes dará forças; o tempo, uma solução,
Para temperar o ódio com doçura; o sofrimento, com redenção.

[Sai.]

CENA I - UM LOCAL ABERTO PRÓXIMO AO JARDIM DOS CAPULETO

[Entra ROMEU.]

ROMEU Como posso seguir em frente, quando meu coração está aqui?
Recue, argila insensível, e encontre teu cerne fora de mim.

[Sobe o muro e pula para dentro do jardim. Entram BENVÓLIO e MERCÚCIO.]

BENVÓLIO Romeu! Meu primo Romeu! Romeu!

MERCÚCIO Ele é sábio,
E aposto que foi para casa dormir.

BENVÓLIO Ele correu por aqui e pulou este muro de pomar:
Chame-o, bom Mercúcio.

MERCÚCIO Não, vou conjurá-lo.
Romeu! Louco! Apaixonado! Amante!
Apareça, sob a forma de um suspiro,
Declame apenas um poema e me darei por satisfeito;

Grite "Ai de mim!", rime amor com dor;
Diga à nossa Vênus algumas palavras bonitas,
Dê um apelido a seu herdeiro, o filho cego,
O jovem Cupido, aquele que tão bem atirou
Quando o rei Cofétua se apaixonou pela
donzela indigente.
Ele não ouve, não se mexe, não se move;
O tolo está morto, devo ressuscitá-lo.
Eu o conjuro pelos olhos brilhantes de Rosalina,
Por seu nobre rosto, seus lábios escarlates,
Por seus delicados pés, belas pernas e
coxas suculentas,
E pelas partes adjacentes que ali se entremeiam:
À sua imagem e semelhança, apareça para nós!

BENVÓLIO Se ele o ouve, ficará irritado.

MERCÚCIO Isto não irá enfurecê-lo. O que irritaria Romeu
Seria invocar um espírito outro
Para dentro do círculo de sua amada
Até que ela o desconjurasse.
Seria ultrajante. Minha invocação
É bem-intencionada, e, em nome de sua amada,
Eu conjuro o próprio a erguer-se.

BENVÓLIO Vamos, ele se escondeu entre essas árvores
Para mesclar-se à noite traiçoeira.
Cego é seu amor, e a escuridão o recebe.

MERCÚCIO Se o amor é cego, não pode acertar o alvo.
O pobre rapaz se sentará debaixo de
um pessegueiro
E desejará que sua amada fosse o sumarento fruto
Que as donzelas chamam de pêssego quando
riem sozinhas.
Ó, Romeu, se pudesses, ó, se ela abrisse
As bandas do pêssego, para receber sua
pera pontuda!
Romeu, boa noite. Vou para a minha cama.
Este leito a céu aberto é frio demais para
eu dormir.
Vamos?

BENVÓLIO Vamos, pois é em vão
Buscar quem não deseja ser encontrado.

[Saem.]

CENA II - O JARDIM DOS CAPULETO

[Entra ROMEU.]

ROMEU Só ri de cicatrizes quem nunca se feriu.

[JULIETA aparece em uma janela acima.]

Mas, esperem, que luz é essa que brilha por
aquela janela?
Vem do leste, e Julieta é o sol!
Levanta-te, belo sol, e oblitere a lua invejosa,
Doente e pálida de pesar,
Pois sua donzela é muito mais venusta.
Não sirva à lua, ela é invejosa;
Seu manto virginal está encardido,
E apenas as tolas o vestiriam; retire-o.
É minha dama, ó, é o meu amor!
Ó, se ela soubesse que a amo!
Ela fala, mas não diz nada. O que pretende?
Seu olhar discursa, e eu vou responder.
Sou atrevido! Não é a mim que ela fala.
Duas das mais belas estrelas de todo o céu
Suplicam aos olhos da senhorita
Que cintilem em seu lugar até que retornem.

E se seus olhos estivessem no céu, e as estrelas em seu rosto?
O brilho de sua face deixaria as estrelas coradas de vergonha,
Tal como a luz do dia envergonha uma lamparina; no céu, seu olhar
Flutuaria pelo espaço etéreo, tão cintilante,
Que os pássaros cantariam, pensando que não há mais noite.
Veja como ela apoia a face na mão.
Como eu gostaria de ser uma luva
Para vestir aquela mão e tocar aquela face.

JULIETA Ai de mim.

ROMEU Ela fala!
Ó, fale outra vez, anjo brilhante, pois tu és
Tão gloriosa a esta noite, pairando sobre minha cabeça,
Quanto um mensageiro alado do céu,
A quem os simples mortais voltam os olhares
Quando erguem os semblantes para admirá-lo
Enquanto ele monta em nuvens preguiçosas
E navega pelo seio do ar excelso.

JULIETA Ó, Romeu, Romeu, por que tinhas de ser Romeu?
Renega teu pai e rejeita teu nome.
Ou, se assim não quiseres, jura que me amas
E deixarei de ser uma Capuleto.

ROMEU [*Aparte.*]
Devo ouvir mais ou devo falar agora?

JULIETA Apenas teu nome que é meu inimigo;
Tu és tu mesmo, não um Montéquio.
O que é um Montéquio? Não é mão, nem pé,
Nem braço, nem rosto, nem qualquer outra parte
Pertencente a um homem. Ó, se fosse algum
outro nome!
De que importa um nome? Aquilo a que
chamamos rosa,
Com qualquer outro nome teria o mesmo
doce perfume;
Romeu também teria, se não se chamasse Romeu,
A mesma perfeição que tem, tão sua,
Sem o maldito título. Romeu, renega teu nome,
E em troca dele, que não é parte de ti,
Toma-me por inteira como sua.

ROMEU Aceito-te por tua palavra.
Chama-me apenas de amor, e serei batizado
de novo;
De agora em diante, nunca mais serei Romeu.

JULIETA Que homem és tu que, assim, envolto pela noite,
Tropeça em minhas confidências?

ROMEU Por um nome, apenas um nome,
Não sei como anunciar-lhe quem sou.
Meu nome, querida santa, me é odioso,
Porque é inimigo teu.
Se o visse escrito, rasgaria a palavra maldita.

JULIETA Meus ouvidos não beberam sequer cem palavras
Proferidas por tua língua, e ainda assim conheço
esse som.
Tu não és Romeu, e um Montéquio?

ROMEU Nem um nem outro, bela donzela, se
assim determinares.

JULIETA Como vieste parar aqui, diz-me, e por
qual motivo?

Os muros do pomar são altos e difíceis de escalar,
E, considerando quem és, este lugar
significa morte,
Caso algum parente meu te encontre aqui.

ROMEU Com as asas leves do amor, subi estes muros,
Pois barreiras de pedra não conseguem deter o
maior dos sentimentos,
E o que o amor pode fazer é exato aquilo que o
amor ousar tentar.
Portanto, que venham, teus parentes não
me detêm.

JULIETA Se te veem, te matam.

ROMEU Ai de mim! Há mais perigo em teu olhar
Do que em vinte espadas. Basta que tu me olhes
com doçura,
Para eu ficar protegido da contenda.

JULIETA Por nada neste mundo desejo que te vejam aqui.

ROMEU Tenho o manto da noite para me ocultar de
suas vistas.

Porém, se tu não me amas, deixe que
me encontrem.
Seria melhor que minha vida acabasse pelo ódio
Do que minha morte se prorrogasse pela falta de
teu amor.

JULIETA Como conseguiste encontrar este lugar?

ROMEU Por amor, que primeiro me levou a perguntar;
Ele me aconselhou, e eu lhe emprestei
meus olhos.
Não sou piloto, e ainda assim, se estivesses longe
Na mais afastada praia banhada pelo mais
longínquo mar,
Eu ainda me aventuraria por tal mercadoria.

JULIETA Sabes que a máscara da noite cobre meu rosto,
Do contrário, um rubor de donzela coraria
minha face
Por conta do que me ouviste falar esta noite.
Teria melhor escolhido a forma; de bom grado
negaria tudo,
Tudo o que disse; mas adeus, formalidades.
Tu me amas? Sei que dirás que sim,

E acreditarei em tuas palavras. No entanto, se me jurares amor,
Poderás cair em falso. Ao perjúrio dos amantes,
Dizem que Júpiter ri. Ó, gentil Romeu,
Se tu me amas, dize-o com sinceridade.
Se achas que me conquistou tão facilmente,
O cenho franzirei, perversa serei, e não te direi,
A fim de que me cortejes. De outro modo, por nada neste mundo.
Mas a verdade, belo Montéquio, é que estou demasiado apaixonada;
E, portanto, podes pensar que sou demasiado boba.
Acredite em mim, cavalheiro, provarei que sou mais sincera
Do que outras, que astutamente mostram-se distantes.
Eu deveria ser mais difícil, devo confessar,
Porém tu escutaste, antes que me desse conta,
A paixão do meu verdadeiro amor; portanto, perdoe-me,
E não pense que é fugaz este amor meu
Que a noite escura assim revelou.

ROMEU Senhorita, juro por essa lua abençoada
Que delineia em prata todas essas
árvores frutíferas…

JULIETA Não jures pela lua, a lua é inconstante
E todo mês muda em sua órbita circular,
E teu amor pareceria igualmente variável.

ROMEU Por quem devo jurar?

JULIETA Não jures de forma alguma.
Ou, se quiseres, jura por ti mesmo,
Que é o deus de minha idolatria,
E eu acreditarei em suas palavras.

ROMEU Se o precioso amor de meu coração…

JULIETA Ora, não jures. Embora tu me alegres,
Não me alegro com este contrato agora;
É muito imprudente, muito precipitado,
muito repentino,
Demasiado parecido com um relâmpago, que
deixa de existir
Antes que se possa dizer que caiu. Querido,
boa noite.

Este broto de amor, após amadurecer com o hálito do verão,
Pode se mostrar uma bela flor quando nos encontrarmos de novo.
Boa noite, boa noite. Que um doce descanso
Chegue ao teu coração, como o repouso que há em meu peito.

ROMEU Vais me deixar assim, insatisfeito?

JULIETA Que satisfação podes querer esta noite?

ROMEU Uma justa troca de juras de amor sincero entre nós.

JULIETA Entreguei meu amor antes que o requisitasse;
E, no entanto, gostaria de tê-lo em mãos para dar de novo.

ROMEU Querias retirar tua promessa de amor? Para que propósito, querida?

JULIETA Para ser franca e te prometer de novo.
E, no entanto, desejo apenas o que já tenho;
Meu comprometimento é tão ilimitado quanto o mar,

Meu amor, tão profundo; quanto mais ofereço
a ti,
Mais eu tenho, pois ambos são infinitos.
Ouço um barulho, alguém está vindo. Adeus,
meu amor.

[Ouve-se a AMA, chamando de dentro da casa.]

Já vou, boa ama! Querido Montéquio, seja fiel.
Fique mais um pouco, pois logo voltarei.

[Sai.]

ROMEU Ó, abençoada, abençoada noite. Temo,
Por ser noite, que tudo isso não passe de
um sonho,
Lisonjeiro demais para ser substancial.

[Entra JULIETA acima.]

JULIETA Três palavras, caro Romeu, e depois boa noite.
Se tua reivindicação amorosa for honrada,
Se tua intenção for casamento, envia-me um
recado amanhã,
Por alguém que mandarei ao teu encontro.
Dizendo onde e a que horas realizarás a cerimônia,

E toda a minha fortuna deitarei aos teus pés.
E seguirei a ti, meu senhor, a qualquer lugar do mundo.

AMA [*De dentro da casa.*] Senhorita!

JULIETA Já me vou. — Mas, se não forem bem-intencionadas tuas alegações,
Eu te suplico...

AMA [*De dentro da casa.*] Senhorita!

JULIETA Já vou, já vou! —
...Pare com teus pedidos e deixa-me sozinha com minha dor.
Amanhã enviarei alguém ao teu encontro.

ROMEU Que minha alma aguente...

JULIETA Pela milésima vez, boa noite.

[Sai.]

ROMEU Pela milésima vez, nada é pior que ficar sem tua luz.
O amor vai em direção ao amor como os meninos fogem dos livros;

Quando o amor se separa do amor, é como um rebelde arrastado à escola.

[Retira-se lentamente. Acima, reaparece JULIETA.]

JULIETA Psiu! Romeu, psiu! Ah, quem me dera ter a voz de um adestrador,
Para atrair de volta esse varão gentil.
Uma cativa tem voz rouca e não pode falar alto,
Do contrário, eu invadiria a caverna de Eco
E tornaria sua garganta mais rouca do que a minha
De tanto repetir o nome do meu Romeu.

ROMEU É minha alma que chama meu nome.
Com doce tom prateado, a língua dos amantes
Parece a música mais suave aos ouvidos de quem escuta.

JULIETA Romeu.

ROMEU Minha querida?

JULIETA A que horas amanhã
Devo enviar alguém ao teu encontro?

ROMEU Ao bater das nove horas.

JULIETA Sem falta. Até lá se passarão vinte anos.
Esqueci por que te chamei de volta.

ROMEU Deixe-me ficar aqui até que te lembres do motivo.

JULIETA Esquecerei, se ficares aí parado,
Lembrando-me de como gosto de tua companhia.

ROMEU Ficarei aqui mesmo que continue esquecida,
Esquecendo-me também de qualquer outro lar,
exceto deste.

JULIETA Já está amanhecendo; seria melhor que tu
fosses embora,
No entanto, não mais longe do que o
passarinho domesticado,
Cuja dona o deixa saltar um pouco de sua mão;
Como um pobre prisioneiro, acorrentado em
seus grilhões,
Que anda um pouco e é puxado de volta,
Tão amorosa e ciumenta de sua liberdade.

ROMEU Eu gostaria de ser teu passarinho.

JULIETA Querido, eu também.
No entanto, iria matá-lo de carinho.
Boa noite, boa noite. A despedida é uma dor tão doce
Que direi boa noite até amanhã.

[Sai.]

ROMEU Que o sono embale teus olhos, e a tranquilidade habite teu peito.
Queria dormir sossegadamente, para um descanso perfeito.
Para o rosto franzido da noite sorri a aurora pigmentada,
No leste, a luz atravessa as nuvens pesadas;
E a escuridão corre para escapar
Das rodas de Titã que vão passar.
Vou até a cela de meu pai espiritual,
Para buscar ajuda e contar minha felicidade excepcional.

[Sai.]

CENA III - A CELA DE FREI LOURENÇO

[Entra FREI LOURENÇO com um cesto.]

FREI LOURENÇO

Antes que avance o olho do sol cálido,
Para alegrar o dia e secar o orvalho,
Devo encher este cesto de vime
Com ervas daninhas e flores sublimes.
A terra, mãe da natureza, é também
o jazigo;
O túmulo e o ventre coabitam o
mesmo abrigo.
É ali que todo tipo de filho é gerado,
E é de seu seio natural que
somos alimentados.
Muitos colecionam virtudes excelentes,
Alguns sem virtude alguma, e, ainda
assim, todos diferentes.
Ó, grande é a poderosa graça
da diversidade:
As plantas, ervas, pedras e
suas qualidades.
Na terra não há nada tão vil a viver
Que não tenha algum bem especial
para oferecer;
E nada é tão bom que não possa ser
mal utilizado,

Contra à sua própria origem, vítima
de descaso.
A própria virtude pode se transformar
em vício,
E o vício pode ser tornar digno
pelo sacrifício.

[Entra ROMEU.]

No miolo desta minúscula flor
Há o poder de curar e de causar dor.
Ao ser cheirada, traz alegria e
boa sensação;
Ao ser provada, mata todos os sentidos
e o coração.
Dois reis tão opostos se assentam de
maneira igual
Tanto no homem quanto nas ervas, o
bem e o mal;
E onde o pior dos dois predominar,
As entranhas o tumor canceroso
irá devorar.

ROMEU Bom dia, padre.

FREI LOURENÇO

Benedicite!
Que jovens lábios tão doces
me cumprimentam?
Meu rapaz, dar bom dia assim tão cedo
É sinal de uma mente em desassossego.
A preocupação fica de sentinela nos
olhos de cada velho,
E onde a preocupação encontra
morada, o sono é incerto;
Porém a juventude sem traumas, de
mente desocupada,
Em qualquer canto adormece, em
sonolência dourada.
Portanto, chegar aqui tão cedo
me assegura
Que estás afligido por
alguma amargura;
Ou, se não for esse o caso, então vejo
com clareza,
Que nosso Romeu sequer dormiu
ainda, é certeza.

ROMEU

O que disse por último é verdadeiro,
mas o descanso mais doce foi o meu.

FREI LOURENÇO Que Deus perdoe esse teu pecado.
Estavas com Rosalina?

ROMEU Com Rosalina, meu bom padre? Não.
Esqueci desse nome e de seu pesar.

FREI LOURENÇO Esse é o meu bom menino. Mas onde
estiveste então?

ROMEU Eu te direi antes que me
perguntes novamente.
Estive em uma festa na casa de
meu inimigo,
Onde, de repente, fui ferido, atingido
por um golpe,
Dado por alguém que eu mesmo feri.
Ambos nossos remédios
Estão em tuas mãos, em tua
sacra medicina.
Não sinto ódio, meu santo homem;
pois, veja,
Minha intercessão também ameaça
meu inimigo.

FREI LOURENÇO Vai direto ao ponto, meu bom filho,
esclarece teu turbilhão;
Uma confissão enigmática não resolve
a questão.

ROMEU Então digo simplesmente que encontrei
o amor de meu coração.
É a bela filha do rico Capuleto, o vilão.
Meu amor é dela, assim como o dela
é meu;
Tudo combinado, salvo aquilo que o
senhor prometeu:
Selar santo matrimônio. Quando, e
onde, e como
Nos encontramos, nos cortejamos e
juras de amor trocamos,
Contarei depois com calma; mas, rogo,
Consente em nos casar hoje, tão logo.

FREI LOURENÇO Por São Francisco! Que
mudança aconteceu!
Rosalina, a quem amava tanto Romeu,
Já foi esquecida? O amor dos jovens
então

Reside nos olhos, e não no coração.
Jesus, Maria, quantas vezes as
faces pálidas
Por conta de Rosalina não banhaste
de lágrimas!
Quanta água salgada jogada fora,
desperdiçada
Para temperar em vão um amor
sem graça.
O sol nem desanuviou teus lamentos
e suspiros;
Teus gemidos ainda ressoam em meus
velhos ouvidos.
Há manchas visíveis em teus traços
De lágrimas que mal secaram
neste intervalo.
Se antes eras tu mesmo, e se sofreras
teus sofrimentos,
Rosalina era o propósito de
teus lamentos.
E sem mais nem menos mudaste? Daí
declara então:
As mulheres podem cair, quando nos
homens não há força para lhes dar
a mão.

ROMEU O senhor costumava me censurar por amar Rosalina.

FREI LOURENÇO Por babar por ela, não por amá-la, meu pupilo.

ROMEU E me dizia para sepultar esse amor.

FREI LOURENÇO Não em uma cova.
Mal enterrado um corpo, já está em busca de outro.

ROMEU Peço-te que não me censures e consideres: essa que agora amo
Responde afeto com afeto, amor com amor; meu coração está brando.
Com a outra não era assim.

FREI LOURENÇO Ela sabia devidamente
Que teu amor não passava de palavra, delírio inocente.
Vamos, volúvel rapaz, venha comigo,
Vou ajudar-lhe, como teu amigo;
Pois essa aliança pode provar-se feliz,
E transformar os rancorosos adversários em aliados gentis.

ROMEU Vamos de vez; estou com toda pressa!

FREI LOURENÇO Ir devagar seria mais sábio; quem corre rápido acaba tropeçando.

[Saem.]

CENA IV - UMA RUA

[Entram BENVÓLIO e MERCÚCIO.]

MERCÚCIO Onde diabos Romeu foi parar? Não voltou para casa na noite passada?

BENVÓLIO Não foi para casa de seus pais, perguntei a um criado.

MERCÚCIO Ora, aquela bendita Rosalina, pálida, de coração de pedra, o atormenta tanto que com certeza ele acabará enlouquecendo.

BENVÓLIO Teobaldo, aquele parente do velho Capuleto, mandou uma carta à casa do pai de Romeu.

MERCÚCIO Deve ser uma convocação para um duelo.

BENVÓLIO Romeu responderá.

MERCÚCIO Qualquer homem que saiba escrever pode responder a uma carta.

BENVÓLIO Não, ele mesmo responderá ao autor da carta, para mostrar que também é ousado.

MERCÚCIO Pobre Romeu, ele já está morto, apunhalado pelo olhar sombrio de uma moça pálida; atingido no ouvido com uma canção de amor; o cerne de seu coração fissurado pela flecha do menino arqueiro, que é cego e brinca de tiro ao alvo. Ele é o homem certo para enfrentar Teobaldo?

BENVÓLIO Ora, o que é esse Teobaldo?

MERCÚCIO Mais que o Príncipe dos Gatos. Ó, ele é o corajoso capitão da retidão. Luta como tu cantas — obedece ao tempo, aos compassos e ao equilíbrio. Faz pausas mínimas, e é um, e é dois, e é três no teu peito: um açougueiro que poderia cortar o botão de seda de tua camisa, tamanha precisão; um duelista; um cavalheiro de primeira, defensor das primeiras causas. Ah, a passada dupla, a contra em quarta, a estocada!

BENVÓLIO O quê?

MERCÚCIO A coceira que me causam esses afetados, repletos de trejeitos, que inventam novos sotaques. Meu Deus, que lâmina afiada! Um homem que sabe se impor, um tremendo desavergonhado. Ora, não é uma coisa lamentável, que nos vejamos assim afligidos por essas estranhas moscas, estes inventores de moda, esses *pardonnez-moi*, que se equilibram tão bem nessas novas formas que não conseguem mais sentar-se em um velho banco?

[Entra ROMEU.]

BENVÓLIO Lá vem Romeu, lá vem Romeu!

MERCÚCIO Sem as suas ovas, parece um arenque defumado. Ó, carne, parece peixe morto! Agora ele está imerso na lírica que desaguava em Petrarca. Laura, em comparação com sua amada, era apenas uma ajudante de cozinha, mas, sim, ela teve quem melhor a cantasse em versos; Dido, uma desajeitada; Cleópatra, uma cigana; Helena e Hero, prostitutas; Tisbe, uma criatura insignificante. *Signior* Romeu, *bonjour*! Uma saudação em francês à sua inclinação francesa. Tu nos deixaste para trás ontem à noite.

ROMEU Bom dia a vocês dois. Como os deixei para trás?

MERCÚCIO Fugiu de nós. Não percebeu?

ROMEU Perdão, meu bom Mercúcio, meu assunto era muito importante, e, num caso como o meu, qualquer homem deixaria as cortesias de lado.

MERCÚCIO É o mesmo que dizer que, num caso como o teu, qualquer homem seria levado a se curvar.

ROMEU Ou seja, ser cortês.

MERCÚCIO Fizeste a grande gentileza de ir direto ao ponto.

ROMEU Uma explicação muito cortês.

MERCÚCIO Sou a cortesia em pessoa.

ROMEU Uma flor.

MERCÚCIO Isso mesmo.

ROMEU Ora, então, meu coração está florido.

MERCÚCIO Claro, preste atenção neste passatempo: antes que pare teu pulsar, quando o último palpitar ecoar, que esta piada permaneça após o parar de teu peito peculiar.

ROMEU Ó, piada particular, humor sem par, pautado em seu puro pensar!

MERCÚCIO Aparta-nos, bom Benvólio; minha perspicácia está chegando ao fim.

ROMEU Chicote e esporas; do contrário, sou o vencedor.

MERCÚCIO Não, se tua perspicácia vai nos levar a dar voltas atrás do próprio rabo, para mim basta. Pois tens mais absurdos em um dos sentidos do que eu tenho em todos os cinco. Cheguei perto de arrancar-lhe o rabo, ao menos?

ROMEU Nunca chegaste perto de arrancar-me o rabo, pois estava perseguindo o próprio.

MERCÚCIO Morderei tua orelha por esta bobagem toda.

ROMEU Não, meu bom cão, não morda.

MERCÚCIO Teu humor está meio amargo. Na verdade, está mais para molho picante.

ROMEU E não combina bem com uma boa rabada?

MERCÚCIO Eis uma piada que é um tapa com luva de pelica, tão fina que estica a um metro de largura.

ROMEU Estico-a pela largura, que, medida junto ao rabo, prova que não passas de um cão grande e gordo.

MERCÚCIO Bem, isto não é melhor do que gemer de amor? Agora estás sociável, agora és Romeu; agora és o que és, tanto por engenhosidade quanto por natureza. Pois esse amor que o faz babar por aí o torna um grande tolo, que corre de um lado para o outro com a língua para fora, tal como um cão excitado desesperado para enterrar sua vara em um buraco.

BENVÓLIO Já chega, já chega.

MERCÚCIO Queres que eu pare meu causo aqui, mas meu causo tem muitos centímetros.

BENVÓLIO O causo é grande demais.

MERCÚCIO Ó, aí é que te enganas; eu teria parado, pois já tinha chegado à parte mais profunda do causo e não pretendia de fato esticá-lo.

[Entram a AMA e PEDRO.]

ROMEU	Aí está um bom argumento! Barco à vista, uma vela!
MERCÚCIO	Duas, duas; uma camisa e uma camisola.
AMA	Pedro!
PEDRO	Pois não?
AMA	Meu leque, Pedro.
MERCÚCIO	Meu bom Pedro, esconda-lhe o rosto; pois o leque é mais bonito.
AMA	Bom dia, senhores.
MERCÚCIO	Boa tarde, boa dama.
AMA	Já é boa tarde?
MERCÚCIO	Nada menos que tarde, garanto-lhe, pois a mão obscena do ponteiro do relógio aponta agora meio-dia.

AMA Ora, mas o que é isso?! Que tipo de homem és tu?

ROMEU Um homem, dócil mulher, que Deus fez com as próprias mãos, apenas para estragá-lo depois.

AMA Muito bem dito; para Ele mesmo estragar, não é? Cavalheiros, algum dos senhores poderia me dizer onde posso encontrar o jovem Romeu?

ROMEU Posso dizer-lhe, mas o jovem Romeu estará mais velho quando o encontrar do que quando a senhora o procurou. Sou eu o mais jovem com esse nome, por falta de um pior.

AMA Falas bem.

MERCÚCIO Mas então um pior serve? Muito bem, acredito; com sabedoria.

AMA Se és é ele, senhor, desejo trocar uma palavrinha a sós.

BENVÓLIO Ela o convidará para algum jantar.

MERCÚCIO Cafetina! Cafetina!

ROMEU O que achas?

MERCÚCIO Não é nenhuma lebre, senhor; a menos que seja uma lebre, senhor, para a penitência da Quaresma, velha e seca.
[*Canta.*]
Uma velha lebre enrugada,
E uma velha lebre enrugada,
É carne boa para a Quaresma;
Mas uma lebre enrugada
É ruim de ser tragada,
Não vale ser comprada.
Romeu, vais à casa de teu pai? Vamos jantar lá.

ROMEU Vou logo depois de vocês.

MERCÚCIO Adeus, velha senhora; adeus, senhora, senhora, senhora.

[Saem MERCÚCIO e BENVÓLIO.]

AMA Por favor, senhor, quem é esse atrevido que se gaba de suas grosserias?

ROMEU Um cavalheiro, ama, que gosta de se ouvir falar, e fala mais em um minuto do que age em um mês.

AMA E se falar qualquer coisa contra mim, eu o derrubarei; nem que ele fosse mais corajoso do que é, e vinte vezes mais homem. E se eu não puder, encontro quem possa. Patife! Não sou nenhuma das vadias dele. E tu, precisas ficar parado e deixar que abusem de mim como desejam?

PEDRO Não vi nenhum homem abusando da senhora; se tivesse visto, sacaria minha arma imediatamente. Garanto-lhe que ouso sacar assim como qualquer homem, se houver ocasião para uma boa briga, e com a lei do meu lado.

AMA Agora, por Deus, estou tão irritada que todo o meu corpo treme. Patife! Uma palavrinha, senhor: como ia lhe dizendo, minha jovem senhora me pediu que o procurasse. O que ela me pediu que dissesse, guardarei para mim mesma. Primeiro, deixe que eu lhe diga o seguinte: se está pensando em passar-lhe a perna, como dizem, este seria um comportamento muito abominável, como dizem, pois a dama é jovem. E, portanto, se o senhor pensa em enganá-la, isso seria realmente uma coisa terrível a se fazer a qualquer dama, e um ato muito covarde.

ROMEU Ama, recomenda-me à tua senhora e patroa. Agora, protesto...

AMA Bom coração! Vou dizer a ela tudo isso. Senhor, ela será uma mulher feliz.

ROMEU O que dirá a ela, ama? A senhora nem me ouviu.

AMA Dir-lhe-ei, senhor, que o senhor protesta, o que, ao que me parece, é a reação de um cavalheiro

ROMEU Peça a ela que encontre
Algum meio para se confessar hoje à tarde,
E na cela de Frei Lourenço
Ela se confessará e se casará. Tome aqui, por seu incômodo.

AMA Não, verdadeiramente não, senhor; nem um centavo.

ROMEU Vamos, pegue; estou dizendo para pegar.

AMA Hoje à tarde, senhor? Bem, ela estará lá.

ROMEU Espere, boa ama, atrás do muro da abadia.
Em menos de uma hora, meu criado irá ao seu encontro,
Para levar-lhe uma escada de cordas,
Pela qual alcançarei em plena noite
O topo do mastro de minha alegria.
Adeus; seja leal e a recompensarei;
Adeus; recomende-me à tua patroa.

AMA Que Deus o abençoe. Agora escute, senhor.

ROMEU O que disse, minha querida ama?

AMA Seu criado é confiável? O senhor não sabe?
Que segredo é para um, entre dois não cabe?

ROMEU Garanto que meu criado é firme como aço.

AMA Muito bem, senhor, minha patroa é a mais doce das damas. Meu Deus! Quando ela era uma coisinha tagarela... Ouça, há um nobre na cidade, um certo Páris, que desembainharia a espada para entrar nesta briga; mas ela, boa alma, prefere ver um sapo, um sapo mesmo, a esse Páris. Eu a provoco às vezes e lhe digo que Páris é o homem certo, mas eu lhe garanto, quando digo isso, ela empalidece como uma nuvem. Rosmaninho e Romeu não começam com a mesma letra?

ROMEU Sim, ama; o que quer dizer com isso? Ambos começam com R.

AMA Ah, diabinho! Esse é o nome do cachorro. "R" é o... não, eu sei que começa com outra letra. Mas ela forma as mais belas frases com o senhor e os rosmaninhos, e lhe faria bem ouvi-las.

ROMEU Recomenda-me à sua patroa.

AMA Sim, mil vezes. Pedro!

[Sai ROMEU.]

PEDRO Pois não?

AMA Vá na frente, vá depressa.

[Saem.]

CENA V - O JARDIM DOS CAPULETO

[Entra JULIETA.]

JULIETA
O relógio bateu nove horas quando enviei a ama.
Ela prometeu que estaria de volta em meia hora.
Talvez não tenha conseguido encontrá-lo. Não,
não pode ser.
Oh, ela é manca. Os mensageiros do amor
deveriam ser os pensamentos,
Que deslizam dez vezes mais rápido que os raios
do sol,
Afastando as sombras das colinas encobertas.
Por isso as pombas ágeis atraem o amor,
E por isso Cupido tem asas e é veloz como
o vento.
Agora o sol está no ponto mais alto
De sua jornada deste dia, e das nove às doze
São três longas horas, mas ela ainda não chegou.
Se ela tivesse os desejos e o sangue ardente
da juventude,
Seria tão rápida em movimento quanto uma bola;
Minhas palavras a levariam ao meu doce amor,
E as dele a trariam até mim.
Os velhos, porém, fingem-se de mortos;
Incompetentes, lentos, pesados e pálidos,
como chumbo.

[Entram a AMA e PEDRO.]

Santo Deus, ela chegou. Ó, minha querida ama,
quais são as novidades?
Conseguiste te encontrar com ele? Manda teu
criado embora.

AMA Pedro, espere no portão.

[Sai PEDRO.]

JULIETA Agora, minha boa e doce ama… Bom Criador,
por que estás triste?!
Ainda que as notícias sejam tristes, conte-as
com alegria;
Se são boas, estás desafinando a melodia de
doces novidades
Ao tocá-la para mim com uma cara tão azeda.

AMA Estou cansada, deixe-me respirar por
um instante;
Ai, como me doem os ossos! Ai, como andei!

JULIETA Eu adoraria trocar meus ossos por tuas notícias.
Mas, agora, peço-lhe, fala; minha boa ama, fala.

AMA Jesus, por que a pressa? Não pode esperar um pouco? Não vê que estou sem fôlego?

JULIETA Como podes estar sem fôlego, quando tens fôlego
Para me dizer que estás sem fôlego?
A desculpa que dás para essa demora
É mais longa do que a prosa que tens.
São boas ou más notícias? Responda a isso;
Diga qualquer uma das opções, e esperarei
pelos detalhes.
Apazigua-me: são boas ou más?

AMA Bem, a senhorita fez uma escolha simples, e está claro que não sabe escolher homem. Romeu? Não, ele não. Embora seu rosto seja melhor do que o de qualquer outro homem, ainda que as pernas superem a de todos os homens, e apesar de as mãos, e os pés, e o corpo, ai, é melhor nem começar a falar, serem incomparavelmente belos, ele não é a flor da cortesia. Garanto, porém, que é dócil como um cordeiro. Segue teu caminho, moça, e serve a Deus. Ora, já almoçaram nesta casa?

JULIETA Não, não. Mas tudo isso eu já sabia.

O que diz ele de nosso casamento? O que diz sobre isso?

AMA Senhor, como me dói a cabeça! Que dor de cabeça tenho!
Lateja como se estivesse prestes a partir-se em vinte pedaços.
Minhas costas, do outro lado. Ai, minhas costas, minhas costas!
Maldito seja o teu coração, por me mandar assim
A correr de cima a baixo, ao encontro de minha morte.

JULIETA Dê fé, sinto muito que não estejas bem.
Minha querida, doce e amada ama, conta-me, o que disse meu amor?

AMA Teu amor disse, como um cavalheiro honesto,
E cortês, e gentil, e bonitão,
E virtuoso, e airoso, e... Onde está a tua mãe?

JULIETA Onde está a minha mãe? Ora, está lá dentro.
Onde poderia estar? Que resposta estranha.
"Teu amor disse, como um cavalheiro honesto...
Onde está a tua mãe?"

AMA Ó, Santa Maria, mãe de Deus!
Está assim tão ardente? Acalme este facho.
Este é o bálsamo para os meus ossos doloridos?
Pois leve tu mesma teus próprios recados.

JULIETA Mas que exagero! Desembucha, o que disse Romeu?

AMA Tens permissão para ires te confessar hoje?

JULIETA Tenho.

AMA Então, vá até à cela de Frei Lourenço;
Lá estará um marido que a tornará esposa.
Agora sobe o sangue arbitrário ao teu rosto,
Que se cora com qualquer novidade.
Corre para a igreja. Vou a outro lugar,
Buscar uma escada pela qual teu amor
Escalará até o ninho, assim que escurecer.
Sou o burro de carga, que labuta pela tua satisfação;
Mas à noite serás tu que aguentarás um peso sobre si.
Vá. Vou almoçar; vá correndo até a cela.

JULIETA Sim, irei correndo para a minha felicidade!
Querida ama, adeus.

[Saem.]

CENA VI - A CELA DE FREI LOURENÇO

[Entram FREI LOURENÇO e ROMEU.]

FREI LOURENÇO

Que os céus sorriam sobre este
ato sagrado.
Que o amanhã não nos repreenda com
o arrependimento.

ROMEU

Amém, amém, mas não há
arrependimento
Que possa apagar a alegria que sinto
Em um simples minuto na
presença dela.
Una nossas mãos com palavras santas,
E a morte, devoradora do amor, poderá
fazer o que quiser.
É o suficiente poder chamá-la
de minha.

FREI LOURENÇO

Desejos violentos têm fins violentos;
Morrem no auge do triunfo, como o
fogo e a pólvora,
Que, ao se beijarem, se consomem. O
mais doce mel

É odioso por sua própria doçura,
Que confunde o apetite.
Ame moderadamente: o amor
duradouro assim o faz;
O apressado chega tão atrasado quanto
o vagaroso.

[Entra JULIETA.]

Lá vem a dama. Ó, passos tão delicados
Jamais desgastarão a pedra perene.
Os apaixonados se penduram nas teias,
Que balançam com a brisa de verão,
E não caem, tão leve é a vaidade
do amor.

JULIETA Boa tarde para o confessor de
minha alma.

FREI LOURENÇO Romeu te agradecerá, filha, por
nós dois.

JULIETA Tanto quanto a ele mesmo. De outro
modo, é agradecer demais.

ROMEU

Ah, Julieta, se a medida de tua alegria
For tão volumosa quanto a minha, e se souberes
Como desabafá-la, então adoça o ar com teu hálito
E deixa que a língua da rica música
Revele a felicidade imaginada
Que recebemos um do outro com este encontro.

JULIETA

Há mais em minha mente do que palavras;
O sentimento gaba-se de substância, não de penduricalhos.
As palavras são mendigas que tem o seu valor;
Mas meu verdadeiro amor cresceu a tal excesso
Que não sei calcular nem metade de sua riqueza.

FREI LOURENÇO

Venham, e trabalharemos com agilidade.
Pois não os deixarei sozinhos
Até que a igreja sagrada una dois em um.

[Saem.]

ATO III

CENA I - UM LOCAL PÚBLICO

[Entram MERCÚCIO, BENVÓLIO, PAJEM e CRIADOS.]

BENVÓLIO Peço-te, bom Mercúcio, vamos embora.
O dia está quente, os Capuleto estão por aí,
E se os encontrarmos, não escaparemos de uma briga,
Pois, neste tempo quente, o calor faz ferver o sangue.

MERCÚCIO Tu és como um desses que, quando entra em uma taverna, coloca a espada sobre a mesa e diz: "Que Deus me livre de precisar de ti", e, ao virar o segundo copo, quer tirar a vida de quem serve o tira-gosto, quando de fato não há necessidade.

BENVÓLIO Sou assim?

MERCÚCIO Ora, vamos, és tão esquentado quanto qualquer outro italiano; é prontamente provocado e, quando o é, provoca de pronto.

BENVÓLIO E para quê?

MERCÚCIO Se dois assim se cruzam, logo não há nenhum, pois um mata o outro. Tu? Brigarias com um homem que tivesse um fio de barba a mais ou a menos que tu. Brigarias com um homem que abrisse uma avelã, só porque teus olhos são cor de avelã. Que olho, senão um assim, veria nisso motivo para briga? Tua cabeça é tão recheada de briga como um ovo é recheado de alimento, e, assim, está tão estragada quanto um ovo quando apodrece. Já brigaste com um homem por tossir na rua, porque ele acordou teu cachorro, que tirava a sesta sob o sol. Não arrumaste confusão com um alfaiate por usar um traje novo antes da Páscoa? E não discutiste com outro homem por amarrar seus sapatos novos com um cadarço velho? E ainda por cima quer me ensinar a evitar uma boa briga!

BENVÓLIO Se eu fosse tão disposto a brigar quanto tu, qualquer homem se candidataria à minha herança, pois minha vida não duraria mais que uma hora e quinze minutos.

MERCÚCIO Herança? Ah, faça-me o favor!

[Entram TEOBALDO e outros.]

BENVÓLIO Por minha cabeça, lá vêm os Capuleto.

MERCÚCIO Por meu calcanhar, não estou nem aí.

TEOBALDO Sigam-me de perto, pois vou falar com eles. Cavalheiros, bom dia. Uma palavrinha com um dos senhores.

MERCÚCIO Só uma palavrinha com um de nós? Façamos melhor: uma palavrinha e uma facadinha.

TEOBALDO O senhor me encontrará preparado para isso, assim que me der a oportunidade.

MERCÚCIO O senhor não poderia aproveitar a oportunidade sem que lhe seja oferecida?

TEOBALDO Mercúcio, tu andas em dupla com Romeu.

MERCÚCIO Em dupla? Ora, estás nos tomando por trovadores? E se nos toma por trovadores, prepare-se para ouvir as notas mais estridentes. Eis meu violino, ele te fará dançar. Meu Deus, em dupla!

BENVÓLIO Estamos falando em um local público, em meio a outros homens.
Ou vocês se retiram para algum local privado
E discutem racionalmente suas diferenças
Ou vão embora; aqui, todos os olhares nos contemplam.

MERCÚCIO O olho humano foi feito para olhar, deixe que olhem.
Não sairei daqui para agradar ninguém.

[Entra ROMEU.]

TEOBALDO Bem, fique tranquilo, senhor, lá vem o meu homem, o camarada que procuro.

MERCÚCIO Eu me enforco, senhor, se ele usar a sua libré;
Se numa batalha ele o seguir,
E então vossa senhoria puder chamá-lo de "seu homem, o camarada".

TEOBALDO Romeu, o amor que tenho por ti, que é nenhum,
Não me permite usar termos melhores: és um patife.

ROMEU Teobaldo, as razões que tenho para amar-te

Dão perdão à raiva embutida
Nesta saudação odiosa. Não sou patife;
Portanto, adeus; vejo que não me conheces.

TEOBALDO Rapaz, isso não desculpa os insultos
Que me rogaste no passado; vira-te e saca
tua espada.

ROMEU Protesto, jamais te insultei.
Amo a ti mais do que imaginarás,
Até que saibas o motivo de meu amor.
Assim, meu bom Capuleto, cujo nome prezo
Tanto quanto o meu, dá-te por satisfeito.

MERCÚCIO Ó, calma desonrada e vil submissão!
[*Saca a espada*] *La stoccata* as levará embora.
Teobaldo, seu caçador de ratos, não vais se mexer?

TEOBALDO O que quer comigo?

MERCÚCIO Meu bom Rei dos Gatos, nada mais que uma de suas nove vidas. Usurpá-la-ei com vontade e, a depender, as demais oito. Não vais sacar a espada da bainha? Apressa-te, para que eu não afunde a minha em tuas banhas de antemão.

TEOBALDO [*Saca a espada.*] Estou ao dispor.

ROMEU Gentil Mercúcio, guarda teu espadim.

MERCÚCIO Venha, senhor, ataque.

[Eles entram em combate.]

ROMEU Saca a tua espada, Benvólio; vamos desarmá-los.
Cavalheiros, que vergonha, abstenham-se
desse ultraje.
Teobaldo, Mercúcio, o Príncipe já decretou:
Duelos estão proibidos nas ruas de Verona.
Já chega, Teobaldo! Meu bom Mercúcio!

[TEOBALDO atinge MERCÚCIO por baixo do braço de ROMEU e sai com seus comparsas.]

MERCÚCIO Estou ferido.
Rogo uma praga sobre as duas famílias.
Estou morto.
Ele se foi sem nenhum ferimento?

BENVÓLIO O quê, estás ferido?

MERCÚCIO Ai, ai, um arranhão, um arranhão. Mas é o suficiente.
Onde está meu pajem? Vá, patife, vá buscar um médico.

[Sai o PAJEM.]

ROMEU Coragem, homem; o ferimento não deve ser grave.

MERCÚCIO Não, nem tão profundo quanto um poço, nem tão largo quanto a porta de uma igreja, mas é o suficiente. Perguntem por mim amanhã, e me encontrarão sepultado. Estou aniquilado para este mundo. Rogo uma praga sobre as duas famílias. Meu Deus! Um cão, um rato, um camundongo, um gato, arranhar um homem até a morte. Um safado, um vilão, um patife, que luta de acordo com regras de aritmética! Por que diabos vieste te meter entre nós? Fui ferido por baixo de seu braço.

ROMEU Tive a melhor das intenções.

MERCÚCIO Ajude-me a ser acolhido em alguma casa, Benvólio,
Ou eu desmaiarei. Rogo uma praga sobre as duas famílias.
Fizeram de mim comida para os vermes.
Levei a pior. Malditas, as duas famílias!

[Saem MERCÚCIO e BENVÓLIO.]

ROMEU Esse cavalheiro, homem próximo do Príncipe,
Meu amigo, levou seu gole fatal
Em minha defesa; minha reputação manchada
Pelas calúnias de Teobaldo, que, há uma hora,
Tornou-se meu primo. Ó, doce Julieta,
Tua beleza fez de mim um efeminado
E amoleceu o aço de meus valores.

[Volta BENVÓLIO.]

BENVÓLIO Ó, Romeu, Romeu, o bravo Mercúcio morreu!
Aquela alma galante ascendeu às nuvens,
Partida precoce daquele que tanto zombava na terra.

ROMEU O lúgubre desfecho deste dia depende de outros dias;
É apenas o começo do infortúnio que está longe de acabar.

[Volta TEOBALDO.]

BENVÓLIO Lá vem o furioso Teobaldo de novo.

ROMEU Retornas, triunfante, enquanto Mercúcio está morto?
Vá para o céu, onde pertences, santa clemência,
E que, a partir de agora, a fúria ardente seja meu guia!
Teobaldo, arrepende-te por ter me chamado de "patife".
A alma do nosso excelente Mercúcio
Paira um pouco acima de nossas cabeças,
Esperando a tua para fazer-lhe companhia.
Ou tu ou eu, ou nós dois, iremos com ele.

TEOBALDO Tu, miserável, que em terra conchavaste com o defunto,
Vai se juntar a ele no andar de cima.

ROMEU Isto selará o assunto.

[Entram em combate; TEOBALDO cai.]

BENVÓLIO Romeu, vá embora, fuja!
Os cidadãos estão exaltados, e Teobaldo está morto.
Não fiquei aí parado. O príncipe te condenará à morte
Se for apanhado. Portanto, fuja, desapareça!

ROMEU Ó, sou a piada do destino!

BENVÓLIO Por que ainda está parado?

[Sai ROMEU. Entram os CIDADÃOS.]

PRIMEIRO CIDADÃO Para que lado correu aquele que matou Mercúcio?
Teobaldo, aquele assassino, para que lado ele correu?

BENVÓLIO Ali está Teobaldo.

PRIMEIRO CIDADÃO Fique de pé, senhor, venha comigo.

Eu o acuso em nome do Príncipe.
Obedeça.

[Entram o PRINCÍPE, escoltado; MONTÉQUIO, CAPULETO, suas ESPOSAS e outros.]

PRÍNCIPE Onde estão os autores vis que deram
início a essa refrega?

BENVÓLIO Ó, nobre príncipe, posso contar tudo
Sobre o trágico evento deste
confronto fatal.
Ali jaz o homem morto pelo
jovem Romeu,
Que matou seu parente, o
corajoso Mercúcio.

LADY CAPULETO Teobaldo, meu primo! Ó, filho de
meu irmão!
Ó, Príncipe! Ó, marido! Ó,
sangue derramado
De meu querido parente! Príncipe,
como és justo,
Por sangue nosso deve ser derramado
sangue dos Montéquio.
Ó primo, primo!

PRÍNCIPE Benvólio, quem começou esta briga sangrenta?

BENVÓLIO Teobaldo, o morto a quem a mão de Romeu matou;
Romeu, que o interpelou de forma justa, pediu-lhe que refletisse
Se tal briga tinha cabimento, e ainda fez um apelo
Em nome de vosso grande desprazer, e tudo fez
Com voz gentil, olhar calmo, postura humilde,
Mas não conseguiu trégua com os ânimos revoltos
De Teobaldo, que, surdo à paz, avançou o aço pontiagudo
Contra o peito do corajoso Mercúcio. Este,
Também esquentado, ofertou em troca a ponta de sua espada e,
Com escárnio marcial e uma única mão, afastou de si
A fria morte, e com a outra mandou-a
De volta para Teobaldo, cuja destreza
Enviou-a de volta. Romeu gritava:

"Parem, amigos! Separem-se, amigos!",
e, mais rápido que sua língua,
Seu braço ágil desarmou os adversários
de suas pontas fatais.
O jovem meteu-se entre os dois, porém,
por baixo de seu braço,
Um golpe traiçoeiro de Teobaldo
atingiu a vida
Do bravo Mercúcio, momento em que
Teobaldo fugiu.
Entretanto, retorna o assassino a
provocar Romeu,
Quem então começara a alimentar um
desejo de vingança.
Atracam-se como relâmpagos, e, antes
que eu sacasse
A espada que os separaria, o bandido
Teobaldo estava imolado;
Enquanto cai o cadáver, Romeu dá
meia-volta e escapa.
Que Benvólio morra se não forem
verdadeiras estas palavras.

LADY CAPULETO Ele é da laia dos Montéquio, não diz
a verdade.
O afeto o impede, não fala
com honestidade.

Para lá de vinte deles participaram
dessa luta tenebrosa,
E todos os vinte tomaram parte na
ocisão indecorosa.
Imploro por justiça, que vós, Príncipe,
deves oferecer;
Romeu matou Teobaldo, Romeu tem
que morrer.

PRÍNCIPE

Romeu o matou, e ele matou Mercúcio.
Quem deve pagar o preço do sangue
derramado de Mercúcio?

MONTÉQUIO

Não Romeu, Príncipe, pois era amigo
de Mercúcio;
Seu erro finalizou o que a lei encerraria
a qualquer custo:
A vida de Teobaldo.

PRÍNCIPE

E por tal delito
Nós o condenamos imediatamente
ao exílio.
Tenho interesse nos desdobramentos de
vossa rixa:

Sangue de meu sangue foi
transformado em vítima.
Punir-vos-ei com pena tão severa
e brutal;
Todos se arrependerão de minha perda
no final.
Estarei surdo a argumentos e pedidos
de perdão;
Nem lágrimas, nem preces de seu
destino os salvarão.
Poupem-se e deixem que Romeu tenha
chance de fugir;
Se for encontrado, seu último suspiro
há de emitir.
Removam o cadáver e respeitem
minha ordem.
Perdoar assassinos só leva a
outras mortes.

[Saem.]

CENA II - UMA SALA DA CASA DOS CAPULETO

[Entra JULIETA.]

JULIETA Galopem mais rápido, corcéis de patas de fogo,
Em direção ao alojamento de Febo. Um condutor
Como Faetonte os açoitaria para o oeste,
Trazendo imediatamente uma noite nublada.
Fecha tua cortina, noite de amor,
Assim, os olhos curiosos podem piscar, e Romeu
Poderá abrigar-se em meus braços, sem que
o vejam.
Para o bem dos ritos amorosos, é típico
dos amantes
Enxergar apenas as próprias belezas. Ou, se o
amor é cego,
É porque combina com a noite. Vem, noite cortês,
Matrona sóbria, trajada de preto,
E me ensina a perder nesse jogo de vencedores,
Jogado por dois virgens até então imaculados.
Disfarce o sangue inocente que inunda de cor
meu rosto
Com teu manto negro, até que este amor tímido
ganhe coragem,
Para encarar a consumação do amor como
ato modesto.
Vem, noite, vem, Romeu; vem, dia à noite;

Pois tu te deitarás sobre as asas da noite
Mais branco que neve nas costas de um corvo.
Vem, noite suave, vem, noite amorosa de
semblante negro,
Dá-me o meu Romeu, e, quando eu morrer,
Toma-o e divide-o em pequenas estrelas;
Tão belo e sublime ficará o céu
Que todos se apaixonarão por ti, ó, noite,
E não mais idolatrarão o sol janota.
Ó, comprei uma mansão de amor,
Mas não tomei a posse; e embora eu
esteja vendida,
Ainda não me possuíram. Tão enfadonho é
este dia,
Como a noite anterior a uma festa,
Quando uma criança impaciente tem novos trajes
E não pode usá-los. Ó, lá vem minha ama.
Ela traz novidades; toda língua que toca no nome
de Romeu,
Toda vez que o faz, o faz com eloquência celestial.

[Entra a AMA, com uma escada de cordas.]

E então, Ama, quais são as novidades? O que
trazes consigo?
A escada de cordas que Romeu mandou buscar?

AMA Sim, senhorita, a escada de cordas.

[Atira-a ao chão.]

JULIETA Ai de mim, quais são as novidades? Por que torces as mãos?

AMA Ah, que dia! Está morto, está morto, está morto!
Estamos condenados, estamos condenados.
Que dia! Ele se foi! Assassinado! Eliminado!

JULIETA Pode o céu ser tão invejoso?

AMA Romeu pode,
Embora o céu não possa. Ó, Romeu, Romeu!
Quem poderia imaginar? Romeu!

JULIETA Que tipo de diabo és tu, para me
atormentar assim?
Tal tortura só deveria existir no inferno desolador.
Romeu se matou? Diz um singelo "sim",
E bastará essa sílaba nua para envenenar-me
Mais do que o olhar mortal de um basilisco.
Se existe um "sim", não existo eu;

Ou teus olhos fechados significam
minha inexistência?
Se ele está morto, diz "sim"; se não, diz "não".
Um breve som determinará minha alegria
ou tristeza.

AMA Eu vi o ferimento, vi com meus próprios olhos,
Deus nos ajude! Bem em seu peito.
Defunto digno de pena, defunto ensanguentado;
Pálido como cinzas, banhado em sangue,
Sangue por todo lado. Desmaiei quando vi.

JULIETA Ó, parte, meu coração! Pobre coração, parte de
uma vez!
Olhos, vão para tuas celas; nunca mais olhem
para a liberdade.
Barro vil de meu corpo, entrega-te ao barro
do solo,
Para que tu e Romeu se enlacem no
mesmo esquife.

AMA Ó, Teobaldo, Teobaldo! O melhor amigo
que tive.
Ó, cortês Teobaldo, honesto cavalheiro!
Quisera eu não ter vivido o bastante para te
ver morto.

JULIETA Que tempestade é esta que sopra ventos
tão contrários?
Romeu foi assassinado e Teobaldo morreu?
Meu querido primo e meu amado donzel?
Trombeta lúgubre, toca de vez as notas do
Juízo Final,
Pois quem resta, se esses dois se foram?

AMA Teobaldo está morto, e Romeu foi banido,
Romeu o matou e foi banido.

JULIETA Ó, Deus! A mão de Romeu fez verter o sangue
de Teobaldo?

AMA Foi a mão de Romeu! Pela misericórdia, foi a mão
de Romeu!

JULIETA Ó, coração de serpente, escondido por um
rosto florido!
Já houve dragão que arrumasse tanto a
própria caverna?
Lindo tirano, angelical demônio,
Corvo em plumas de pombo, lobo em pele
de cordeiro!

Substância desprezível, envolta pela mais
divina aparência!
Oposto daquilo que aparenta,
Um santo maldito, um vilão honrado!
Ó, natureza, o que fazias tu no inferno
Quando trouxeste o espírito de um demônio
Ao paraíso dos mortais, em tão
encantadora carne?
Já houve alguma vez enredo de livro tão infame
Coberto por tão maravilhosa capa? Ó, tal engano
Habita o mais deslumbrante palácio.

AMA

Não há confiança,
Nem fé, nem honestidade nos homens. Culpados,
Cometem perjúrio, dissimulam, mentem.
Ah, onde está meu criado? Dê-me um pouco de
aqua vitae.
Essas dores, esses pesares, essas tristezas
me envelhecem.
Que a vergonha assole Romeu.

JULIETA

Que tua língua se cubra de aftas
Por desejares tal coisa! Ele não nasceu para
a vergonha.

Sobre a fronte de Romeu, a vergonha sente
vergonha de se assentar;
Pois é um trono onde a honra pode ser coroada
Como monarca da terra universal.
Ó, que marginal fui para pensar em repreendê-lo!

AMA Falarás bem daquele que matou teu primo?

JULIETA E devo falar mal daquele que é meu marido?
Ah, meu pobre senhor, que língua umedecerá
teu nome,
Quando a minha, a de tua esposa há três horas,
o chicoteou?
Mas por que, vilão, mataste meu primo?
Do contrário, meu primo teria matado
meu marido.
Recuem, lágrimas tolas, para tuas nascentes,
Pois tuas gotas tributárias pertencem à dor,
Que vós, por engano, oferecem à alegria.
Meu marido está vivo, e Teobaldo o teria matado,
E Teobaldo está morto, e ele teria matado
meu marido.
Tudo isso é reconfortante; por que, então, choro?
Alguma palavra, pior que a morte de Teobaldo,
Leva-me ao desespero. Queria esquecê-la,

Mas, ó, como aflige minha memória!
Como a culpa maldita cobra o preço na mente
dos pecadores.
Teobaldo está morto, e Romeu foi banido.
Esse "banido", essa palavra, "banido",
Aniquilou dez mil Teobaldos. A morte
de Teobaldo
Seria desgraça suficiente, se tivesse terminado
por aí.
Ou, se a desgraça amarga se deleita
em companhia,
E precisa tanto trazer consigo outros sofrimentos,
Por que, quando anunciada a morte de Teobaldo,
Não complementaste com o anúncio da morte de
meus pais?
Que lamentações especiais isso teria incitado?
Mas, na retaguarda da morte de Teobaldo,
O anúncio de que "Romeu foi banido"
É o mesmo que anunciar que pai, mãe,
Teobaldo, Romeu e Julieta estão todos mortos.
Não há fim, limite, medida ou fronteira
Na sentença de morte que traz a dor dessa palavra.
Onde estão meu pai e minha mãe, ama?

AMA Chorando e lamentando sobre o cadáver
de Teobaldo.
Tu irás até eles? Vou levar-te até lá.

JULIETA Que lavem as feridas do cadáver com lágrimas.
Guardarei as minhas;
Quando as deles secarem, chorarei pelo
banimento de Romeu.
Leve essa escada. Pobres cordas,
foram enganadas,
Fomos enganadas, afinal; pois Romeu
está exilado.
Ele as atou para trilhá-las como estrada para
minha cama,
Mas eu, dama virgem, morrerei viúva virgem.
Vem, ama. Deitar-me-ei sobre meu leito
de núpcias,
Para que a morte, na falta de Romeu, venha
me desvirginar.

AMA Deita-te em teu quarto. Eu encontrarei Romeu
Para que ele venha confortá-la. Sei onde ele está.
Escuta, teu Romeu estará aqui à noite.
Está escondido na cela de Lourenço.

JULIETA Ó, encontra-o! Entrega este anel ao meu verdadeiro cavaleiro,
E pede que venha dar seu último adeus.

[Saem.]

CENA III - A CELA DE FREI LOURENÇO

[Entra FREI LOURENÇO.]

FREI LOURENÇO

Entra, Romeu; entra, homem temeroso.
A aflição enamorou-se de tuas partes,
E tu te casaste com a calamidade.

[Entra ROMEU.]

ROMEU

Padre, quais são as notícias? O que o
Príncipe determinou?
Qual desgraça anseia tomar-me a mão
Que ainda desconheço?

FREI LOURENÇO

Está muito familiarizado,
Meu querido filho, com companhia
tão amarga.
Trago-lhe a decisão do Príncipe.

ROMEU

Quão próximo do Juízo Final foi
tal veredito?

FREI LOURENÇO

Um juízo mais gentil saiu dos lábios
do regente:
Não a morte do corpo, e sim o exílio
do corpo.

ROMEU

O exílio? Seja misericordioso, Padre, diga morte;
Pois o exílio tem um semblante mais terrível
Do que a própria morte. Não me fale em exílio.

FREI LOURENÇO

A partir de agora, está banido de Verona.
Seja paciente; o mundo é um lugar grande.

ROMEU

Não há mundo fora dos muros de Verona,
Mas sim o purgatório, a tortura, e o próprio inferno.
Ser banido daqui é como ser banido do mundo,
E o exílio do mundo é a morte. Estar banido é estar morto,
Em palavra mais amenas. Chamar a morte de exílio,
É o mesmo que me decapitar com um machado de ouro,
E sorris enquanto executas um homem com o golpe disfarçado.

FREI LOURENÇO

Ó, pecado mortal, ó, falta de
gratidão indecorosa!
Teu delito demanda pena de morte,
mas o amável Príncipe,
Tomando o teu partido, deixou a lei
de lado
E trocou a mais sombria das palavras,
morte, por exílio.
Isso é misericórdia, meu caro, e tu
não percebes.

ROMEU

É tortura, não misericórdia. O paraíso
é aqui
Onde mora Julieta, e cada gato,
cachorro
E ratinho, e tudo que não é digno
Que moram aqui no paraíso podem
contemplá-la,
Ao passo que Romeu não pode. Há
mais valor,
Dignidade e cortesia nas moscas
de carniça
Do que no vilão Romeu, pois elas
podem pousar
No belo mármore que são as mãos da
doce Julieta,

E roubar a bênção imortal de
seus lábios,
Que, em pura e vestal modéstia,
ainda coram,
Como se pensassem que há pecado em
seus beijos.
Já Romeu não pode: ele está banido.
A mosca pode voar perto dela, e eu
tenho que voar daqui.
As moscas são livres, e eu, um
homem exilado.
E ainda assim dizes que o exílio não é
a morte?
Não tens consigo um veneno, uma
faca afiada,
Um meio de morte mais rápido e
menos cruel
Do que a tortura do exílio? Banido?
Ó, Frei, os condenados urram essa
palavra
No quinto dos infernos. Como
tens coragem,
Sendo um homem santo, um
confessor espiritual,
Encarregado de absolver pecados, e
meu suposto amigo,
De me mutilar com a palavra "exílio"?

FREI LOURENÇO Homem louco, escute por
um segundo…

ROMEU Ó, vais falar de novo em exílio!

FREI LOURENÇO Dar-lhe-ei a armadura para se defender
dessa palavra.
A Filosofia, o doce leite da teta
da adversidade,
É o que vai consolá-lo, apesar da
sentença de exílio.

ROMEU Apesar do exílio? Esqueça a Filosofia!
A menos que a Filosofia possa fazer
uma Julieta,
Deslocar uma cidade e reverter o
veredito de um Príncipe,
Ela não me ajuda, nem me consola.
Não fales mais nada.

FREI LOURENÇO Ó, então vejo que os loucos não
têm ouvidos.

ROMEU Como podem tê-los, se os sábios não
têm olhos?

FREI LOURENÇO Conversemos sobre o teu estado de espírito.

ROMEU Não se pode conversar sobre o que não se sente.
Fosses tu tão jovem quanto eu, fosse Julieta o teu amor,
Estivesses recém-casado e Teobaldo, morto por tuas mãos;
Estivesses apaixonado como eu e, como eu, banido,
Então poderias falar, arrancar os próprios cabelos e
Atirar-te no chão, como faço agora,
Para tirar as medidas de uma sepultura ainda não cavada.

[Ouvem-se batidas à porta.]

FREI LOURENÇO Levante já daí; alguém bate à porta. Vá se esconder, bom Romeu.

ROMEU Eu não, a menos que o ar de meus dolorosos gemidos,

Encubra-me como uma neblina aos
olhos de meus captores.

[Batem à porta.]

FREI LOURENÇO Como batem! Quem está aí? —
Romeu, levanta-te,
Serás levado! — Espere um pouco! —
Levanta-te, homem!

[Batem à porta.]

Corra até meu gabinete. — Já vou! —
Que Deus interceda,
Quanta teimosia! — Já vou, já vou!

[Batem à porta.]

Quem bate assim com tanta força? De
onde vens, o que desejas?

AMA [*Do lado de fora.*]
Deixe-me entrar, e o senhor saberá.
Venho a mando da srta. Julieta.

FREI LOURENÇO Então seja bem-vinda.

[Entra a AMA.]

AMA Ó, santo Frei, ó, diga-me, santo Frei,
Onde está o senhor de minha patroa,
onde está Romeu?

FREI LOURENÇO Ali no chão, bêbado de tanto sorver as
próprias lágrimas.

AMA Ó, ele está igual à minha patroa.
Estão no mesmo estado! Ó, que
triste caso!
Que situação pavorosa! Assim
está Julieta:
Chora e lamenta, lamenta e chora.
Levante! Levante! Levante e
seja homem!
Pelo bem de Julieta, pelo bem dela,
levante!
Por que nada teu levanta mais?

ROMEU Ama!

AMA Ah, senhor, a morte é o fim de tudo.

ROMEU

Falas de Julieta? Como ela está?
Ela acha que sou um assassino,
Agora que manchei o princípio de
nossa alegria
Derramando sangue de um
parente dela?
Onde ela está? E como está? E o que diz
Minha esposa secreta de nosso
amor proibido?

AMA

Ó, ela não diz nada, senhor, apenas
chora e chora;
E então deita-se na cama, depois
levanta-se,
E chama por Teobaldo, e grita
por Romeu,
Para depois se deitar outra vez.

ROMEU

É como se tal nome,
Disparado de uma arma mortal,
A tivesse matado, pois é nome daquele
Cuja mão amaldiçoada matou o primo
dela.
Ó, diga-me, Frei, em que parte vil
desta anatomia

Aloja-se o meu nome? Diga-me, pois
saquearei
Essa odiosa mansão.
[*Sacando a espada.*]

FREI LOURENÇO

Segura tua mão desesperada.
És homem? Teu corpo me diz que sim,
Mas tuas lágrimas são de mulher, e teus
atos, selvagens,
Denotam a fúria irracional de
um animal.
Uma mulher disfarçada sob forma
de homem,
Ou uma besta disfarçada na forma
de ambos!
Estou perplexo. Por minha
ordem sagrada,
Pensei que tinhas mais temperança em
tua disposição.
Mataste Teobaldo? Pretendes matar a
ti mesmo?
E assim matar também tua esposa, que
habita em ti,

Ao cometer um ato de ódio maldito
contra si mesmo?
Por que amaldiçoas teu nascimento, o
céu e a terra
Se nascimento, céu e terra,
encontram-se, todos os três,
Em ti? Aniquilaria de uma só vez as
três bênçãos.
Envergonhas teu corpo, teu amor,
tua inteligência,
Que, como um usurário, tens
em abundância.
E não usas nenhum dos três
como deverias,
Para evoluir teu corpo, teu amor e
tua inteligência.
Teu nobre corpo é apenas uma imagem
de cera,
Distante da valentia de um homem;
Teu querido amor jurado é apenas
perjúrio vazio,
Que mata aquele amor que
prometeste acalentar;
Tua inteligência, o adorno do corpo e
do amor,

Deformada na conduta de ambos,
É como pólvora nas mãos de um
soldado incompetente,
Incinerada por sua própria ignorância.
Estás te desmembrando com tua
própria lamúria.
Levanta-te, homem! Tua Julieta
está viva,
Tua querida, por quem morrerias
de amor.
Tu és feliz! Teobaldo o teria matado,
Mas tu mataste Teobaldo. Tu és feliz!
A lei, que te ameaçava com a morte, se
torna tua amiga
E a transforma em exílio. Tu és feliz!
Um fardo de bênçãos caiu com leveza
sobre tuas costas;
A felicidade o corteja em seu
melhor traje;
E, ainda assim, como uma
meretriz malcriada,
Fazes birra para tua própria sorte e teu
próprio amor.
É assim que morrem os miseráveis.

Vá atrás de teu amor, como
estava arquitetado:
Suba ao quarto dela e console a donzela.
Mas não fiques até que a guarda
esteja armada,
Pois daí não conseguirás
alcançar Mântua,
Onde viverás até que possamos
encontrar tempo
Para anunciar o casamento e reconciliar
seus amigos,
Implorar misericórdia ao Príncipe e
trazer-te de volta
Com vinte mil vezes mais alegria
Do que a lamentação com que partiste.
Vá na frente, ama. Recomende-me à
tua patroa
E pede a ela que apresse todos a dormir,
Mesmo porque o pesar que sentem
os cansará.
Romeu logo irá.

AMA Ó, Deus, eu poderia ficar aqui a
noite toda
Para ouvir bons conselhos. Ó,
o conhecimento!

Senhor, direi à minha patroa que estás a caminho.

ROMEU Faça isso, e diga que ela se prepare para me repreender.

AMA Aqui está, senhor, um anel que ela me pediu que lhe entregasse.
Corra, apressa-te, pois já está ficando tarde.
[*Sai.*]

ROMEU Como isso me reconforta e me ressuscita.

FREI LOURENÇO Vá, boa noite, e eis tua situação:
Parta antes da guarda se posicionar,
Ou, ao raiar o dia, saia de lá disfarçado.
Pegue o caminho para Mântua. Vou procurar teu criado
E enviarei através dele, de tempo em tempo,
As boas novas do lado de cá.
Dê-me tua mão; já é tarde; adeus; boa noite.

ROMEU Ainda que a maior das alegrias não me aguardasse agora,
Seria difícil despedir-me com tanta pressa nesta hora.
Adeus.

[Saem.]

CENA IV - UMA SALA DA CASA DOS CAPULETO

[Entram CAPULETO, LADY CAPULETO e PÁRIS.]

CAPULETO	As coisas transcorreram tão desafortunadamente, senhor, Que não tivemos tempo para falar com nossa filha. Veja, ela amava muito seu primo Teobaldo, E eu também. Bem, todos nascemos para morrer. Está muito tarde, ela não mais descerá esta noite. Dou fé que, não fosse a sua companhia, Eu mesmo já teria ido para a cama uma hora atrás.
PÁRIS	Tais tempos de angústia não deixam espaço para cortejos. Senhora, boa noite. Recomende-me à sua filha.
LADY CAPULETO	Eu o farei, e amanhã saberemos a opinião dela; Esta noite a menina está imersa no luto.
CAPULETO	Senhor Páris, faço apelo desesperado

Em nome do amor de minha filha. Ela
há de ceder
A todas as minhas ordens; aliás, não
tenho dúvidas.
Esposa, vá até ao quarto de Julieta antes
de ir para a cama.
Conte a ela sobre o amor de meu
filho Páris,
E, dou fé, na próxima quarta-feira...
Mas, espere aí, em que dia estamos?

PÁRIS Segunda-feira, meu senhor.

CAPULETO Segunda-feira! Rá! Bem, quarta-feira é
cedo demais,
Que seja quinta-feira; na quinta-feira,
diga-lhe,
Ela se casará com este nobre conde.
O senhor estará pronto? Aprova
essa urgência?
Não vamos fazer muito alarde; um
amigo ou outro.
Pois com a morte tão recente
de Teobaldo
Podem pensar que não tínhamos apego
ao pobre

Se comemorarmos com muita pompa.
Portanto, convidaremos cerca de meia
dúzia de amigos,
E nada mais. O que pensa de
quinta-feira?

PÁRIS Senhor, penso que gostaria que quinta-
feira fosse amanhã.

CAPULETO Ótimo, agora vai-te embora. Será na
quinta-feira.
E tu, vai até o quarto de Julieta antes de
recolher-te.
Prepara-a, esposa, para o dia
do casamento.
Adeus, meu senhor. Criados, luzes nos
meus aposentos!
Vão na frente. Já é tão, tão tarde
Que daqui a pouco poderemos dizer
que é cedo. Boa noite.

[Saem.]

CENA V - UMA SACADA QUE DÁ PARA O QUARTO DE JULIETA, COM VISTA PARA O JARDIM

[Entram ROMEU e JULIETA.]

JULIETA

Já vais? Não está nem perto
de amanhecer.
Foi o canto do rouxinol, não
da cotovia,
Que inundou teus ouvidos assustados;
Toda noite canta em uma romãzeira.
Acredita em mim, meu amor, foi
o rouxinol.

ROMEU

Foi a cotovia, arauto da manhã,
Não o rouxinol. Veja, meu amor, os
invejosos feixes
Que rendam as nuvens que vão para
o leste.
As velas da noite já se apagaram, e o
alegre dia
Projeta-se na ponta dos pés no topo
das montanhas.
Devo ir embora e viver, ou ficar
e morrer.

JULIETA

Essa luz não é a luz do dia, eu sei disso.
É algum meteoro caído do sol,

Enviado esta noite para ser o portador
de tocha
Que iluminará teu caminho
para Mântua.
Portanto, fica, não precisas ir embora.

ROMEU

Então que me prendam, que
me matem;
Ficarei contente, se for o que desejas.
Digo que aquela pincelada cinza não é
o raiar do dia,
É apenas o pálido reflexo da face
de Cíntia.
Não é o canto da cotovia que ressoa
No céu tão acima de nossas cabeças.
Tenho mais motivos para ficar do que
desejos de partir.
Vem, morte, e sê bem-vinda. São as
ordens de Julieta.
Assim agrada-te, coração? Vamos
conversar. Ainda não é dia.

JULIETA

É sim, é sim! Parte, vai de uma vez.
Só pode ser a cotovia que canta
tão desafinada,

Tão fora de ritmo e com agudos
tão desagradáveis.
Dizem que a cotovia divide com doçura
as notas de seu canto;
Não é verdade, pois com azedume ela
nos separa.
Dizem que a cotovia e o sapo trocam
de olhos.
Ó, como eu gostaria que trocassem
também suas vozes,
Já que tal voz nos aflige e nos afasta,
um dos braços do outro,
E coloca os homens em teu encalço.
Ó, vai embora; a luz se espalha cada
vez mais.

ROMEU A luz se espalha no céu, enquanto
nossos corações escurecem.

[Entra a AMA.]

AMA Senhorita!

JULIETA Ama?

AMA

A senhora tua mãe está vindo.
Já amanheceu. Tome cuidado,
fique atenta.

[Sai.]

JULIETA

Então, janela, deixe o dia entrar, e deixe
a vida sair.

ROMEU

Adeus, adeus, um beijo, e descerei.

[Desce.]

JULIETA

Vais assim? Amor, senhor, marido,
amigo,
Preciso receber notícias tuas todo dia,
toda hora,
Pois cada minuto levará muitas eras.
Ó, por essa contagem estarei velha
Antes de reencontrar o meu Romeu.

ROMEU

Adeus!
Não perderei nenhuma chance
Para enviar a ti, amor,
meus sentimentos.

JULIETA Ó, achas que nos reencontraremos?

ROMEU Não tenho dúvida, e todo sofrimento
será, um dia,
Apenas lembranças em nossas
doces conversas.

JULIETA Ó, Deus! Minha alma
está amaldiçoada!
Vendo-te assim, daí de baixo,
parece-me que encaro
Um cadáver no fundo de uma tumba.
Ou meus olhos me enganam, ou estás
deveras pálido.

ROMEU Acredite, amor, também a
enxergo pálida.
A tristeza sedenta bebeu o sangue de
nossas veias. Adeus!

[Sai, abaixo.]

JULIETA Ó, destino! Os homens te chamam
de inconstante;
Se és inconstante, o que queres
com Romeu,
Conhecido por ser fiel? Sê inconstante,
destino;
Pois assim não ficarás com Romeu por
muito tempo
E o mandarás de volta.

[Chamam de dentro.]

LADY CAPULETO Querida filha, estás acordada?

JULIETA Quem chama? É a senhora, mãe?
Ainda não se deitou ou acordou
cedo demais?
Qual motivo fora do comum a traz
até aqui?

[Entra LADY CAPULETO.]

LADY CAPULETO E então, como vai, Julieta?

JULIETA Não estou bem, senhora.

LADY CAPULETO Ainda choras pela morte de teu primo?
O que desejas? Lavar o defunto
com lágrimas?
E mesmo que pudesses, não
conseguirias trazê-lo de volta.
Por isso, pare de chorar. Pesar
moderado revela muito afeto,
Porém tanto lamento mostra falta
de juízo.

JULIETA Deixe-me chorar por tal sentimento
de perda.

LADY CAPULETO Assim choras pela perda, e não
pelo amigo
Por quem choras.

JULIETA Chorando assim pela perda,
Como posso não chorar pelo amigo?

LADY CAPULETO Bem, menina, sei que não choras tanto
pela morte dele
Quanto por estar vivo o vilão que
o matou.

JULIETA Que vilão, senhora?

LADY CAPULETO Aquele vilão de nome Romeu.

JULIETA Vilão e Romeu são coisas separadas por muitos quilômetros.
Que Deus o perdoe. Eu o perdoo, de todo o meu coração.
E mesmo assim nenhum outro homem trouxe tanto pesar a meu coração.

LADY CAPULETO Isso é porque o assassino traidor ainda vive.

JULIETA Sim, mamãe, e fora do alcance destas minhas mãos.
Ninguém além de mim poderia vingar a morte de meu primo.

LADY CAPULETO Teremos vingança, não temas quanto a isso.
E não chores mais. Mandarei alguém a Mântua,
Onde agora habita o renegado banido,

E esse alguém lhe dará de beber algo
tão insólito
Que o bandido logo fará companhia
a Teobaldo.
E então espero que tu fiques satisfeita.

JULIETA

De fato nunca ficarei satisfeita
Até que meus olhos vejam Romeu…
morto.
É como está meu pobre coração pela
perda de um parente.
Senhora, se conseguires encontrar
um homem
Que leve o veneno, eu mesma
o preparo,
Para que Romeu, ao recebê-lo,
Possa dormir em paz. Ó, como meu
coração abomina
Ouvir seu nome, e não poder ir até ele,
Para declarar o amor… que dedicava ao
meu primo,
Sobre o corpo daquele que o matou.

LADY CAPULETO

Encontre os meios, e eu encontrarei
o homem.

Mas agora tenho notícias alegres a anunciar, menina.

JULIETA
E a alegria é bem-vinda em tempos tão necessitados.
Quais são as notícias, senhora?

LADY CAPULETO
Bem, tens um pai zeloso, filha;
Um pai que, para tirá-la de teu luto,
Fez os arranjos para um dia repentino de alegria,
Que tu não esperavas, nem eu.

JULIETA
Senhora, que boa notícia! Que dia será esse?

LADY CAPULETO
Minha filha, de manhã cedo, na próxima quinta-feira,
O galante, jovem e nobre cavalheiro
Chamado Conde Páris, na Igreja de São Pedro,
Fará de ti a mais feliz das noivas.

JULIETA
Pela Igreja de São Pedro, e pelo próprio São Pedro,
Ele não fará de mim uma noiva feliz.

Pergunto-me o porquê dessa pressa. Por que deveria eu,
Antes de ser cortejada por meu pretenso marido, casar-me?
Apelo que diga a meu pai, senhora,
Que não vou me casar agora; e quando o fizer, juro,
Será com Romeu, que a senhora sabe que odeio,
Antes de Páris. Estas são as novidades.

LADY CAPULETO Aí vem teu pai. Fala por ti mesma,
E vê como ele recebe tuas palavras.

[Entram CAPULETO e a AMA.]

CAPULETO Quando o sol se põe, o ar salpica o orvalho;
Mas para o crepúsculo do filho de meu irmão
O céu debulhou torrentes.
E o que é isso agora? Um aqueduto, menina?
Ainda choras? Como pode uma figura tão pequena

Pretender emular barco, mar e vento.
Uma vez que teus olhos, que posso chamar de mar,
Levam e trazem uma maré de lágrimas; o barco é teu corpo,
Navegando na inundação salgada; e os ventos, teus suspiros,
Enfurecidos com tuas lágrimas, e elas, com eles,
Os quais, sem uma trela de calmaria,
Virarão o teu casco tempestuoso. E então, esposa?
Informaste Julieta de nossa decisão?

LADY CAPULETO

Sim, senhor; disse que não aceita, mas agradece-lhe pela oferta.
Se depender de mim, a tola se casará com a própria sepultura.

CAPULETO

Calma lá! Explica isso direito, amável esposa.
Como assim ela não aceita? Ela não está imensamente grata?
Não está orgulhosa? Não se sente a mais abençoada donzela?

Tão indigna como é, não fica feliz de termos arranjado
Um cavalheiro tão valoroso para ser seu noivo?

JULIETA Orgulhosa, não; grata, sim.
Orgulhosa por aquilo que odeio, jamais;
Ainda assim, serei grata pelo ódio com pretensão de amor.

CAPULETO Ora, que lógica absurda é essa? O que dizes?
Orgulhosa, e grata, e não grata, e não orgulhosa;
Garotinha, sem "obrigada não obrigada",
Nem "orgulhosa sem orgulho".
Vai preparar-te para a próxima quinta-feira:
Acompanharás Páris à Igreja de São Pedro,
Ou te arrastarei pelos cabelos até lá.
Agora, some da minha frente, inupta anêmica! Meretriz!
Cara pálida!

LADY CAPULETO Mas o que é isso? O senhor
enlouqueceu, marido?

JULIETA Meu bom pai, imploro-lhe de joelhos,
Ouça-me com paciência, ao menos
uma palavra.

CAPULETO Enforca-te, vagabunda,
desgraçada desobediente!
Ouve tu o que digo: estejas na igreja na
quinta-feira,
Ou nunca mais me olhes na cara.
Não fales, não respondas,
não argumentes.
Meus dedos coçam. Esposa, pensamos
ser falta de bênção
Deus nos ter dado uma filha única;
Agora vejo que essa uma filha é
uma demais,
E que foi maldição concebê-la.
Coloque a perdida para fora daqui!

AMA Que Deus no céu a abençoe.
O senhor é quem deveria se
envergonhar por falar assim.

CAPULETO E por que deveria, cristal de sabedoria?
Cale essa boca
E vá intrometer-se nos assuntos de outros, longe daqui.

AMA Não falei nenhuma inverdade.

CAPULETO Ó, Deus, ó, Senhor!

AMA Não se pode falar nada nesta casa?

CAPULETO Silêncio, idiota, tola!
Guarde teu bom senso para a criadagem na cozinha,
Pois aqui não precisamos disso.

LADY CAPULETO Estás muito nervoso.

CAPULETO Sagrada hóstia, estou à beira da insanidade!
Todos os dias, todas as horas, na labuta, no lazer,
Sozinho, acompanhado, minha preocupação sempre foi
Arranjar-lhe bom casamento, e agora que arranjei,

Excelente noivado com
nobre cavalheiro,
Belamente ajambrado, jovem
e refinado,
Bem-dotado, como dizem, de
excelsas qualidades,
Devidamente proporcionais, como se
deseja em um homem,
E então esta miserável idiota,
criança chorona,
Com a sorte de uma vida em mãos,
Tem a pachorra de responder: "Não me
caso, não o amo,
Sou muito nova, peço que me perdoe."
Não te casas, então; eu te perdoo,
então.
Vai pastar no raio que te parta; em
minha casa não ficas.
Pensa, reflete, não brinco contigo,
Julieta.
Quinta-feira se aproxima; procura
conselho no coração.
Se és minha filha, entrego-te ao
meu amigo;

Se não o és, enforca-te, mendiga, morre
de fome, dorme nas ruas;
Eu juro, não te reconhecerei,
E nada do que é meu jamais será teu.
Reflete e acredita: cumprirei
minha palavra.

[Sai.]

JULIETA

Não há piedade nos céus
Que enxergue o nível profundo de
minha desgraça?
Ó, minha doce mãe, não me
mandes embora.
Adia esse casamento por um mês,
uma semana,
Ou, se não for possível, prepara meu
leito nupcial
No sepulcro sombrio onde
está Teobaldo.

LADY CAPULETO

Não fales comigo, pois não
direi palavra.
Faz o que quiser, não tenho nada
com isso.

[Sai.]

JULIETA Ó, Deus! Ó, ama, como poderei evitar isso?
Meu marido está na terra; minha fé, no céu.
Como essa fé retornará à terra?
A menos que meu marido a envie do céu,
Ao deixar a terra. Consola-me, aconselha-me.
Que estratagemas traiçoeiros são estes
Que o céu envia a uma súdita tão simplória quanto eu?
Diz algo! Não tens uma palavra amiga?
Consola-me, ama.

AMA Eis teu consolo:
Romeu está exilado; e aposto o que quiseres
Que ele não se atreve a voltar para reivindicá-la.
E, se o fizer, será longe dos olhos de todos.
Tendo a coisa toda chegado ao ponto em que estamos,
Acho melhor a senhorita se casar com o Conde.

Ó, ele é um cavalheiro adorável!
Romeu é um nada perto dele. Uma águia, senhorita,
Não tem olhos tão verdes, tão belos e tão perspicazes
Quanto os do airoso Páris. Deus que me perdoe,
Mas acho que serás feliz neste segundo matrimônio,
Pois supera em muito o primeiro. E, de todo modo,
Teu primeiro marido está enterrado, ou quase isso,
Já que, mesmo vivo, não tem serventia para ti.

JULIETA Estás falando de todo coração?

AMA E de toda alma também,
Condenados sejam se não estiver.

JULIETA Amém.

AMA O quê?

JULIETA Consolaste-me maravilhosamente bem.

Vai e diz à minha mãe que saí.
Tendo desagradado a meu pai, vou à cela de Lourenço,
Para me confessar e ser absolvida.

AMA Irei já; é muito sábio de tua parte.

[Sai.]

JULIETA Velha maldita! Demônio perverso!
É mais pecaminoso desejar que eu viole meus votos
Ou insultar meu marido com a mesma língua
Que o elogiou como o mais inalcançável dos virtuosos
Tantas milhares de vezes? Vai-te, conselheira infernal.
Tu e meu coração doravante trilharão caminhos separados.
Irei até o Frei para buscar remédio para este imbróglio.
Se tudo mais falhar, terei ao menos o poder de morrer.

[Sai.]

ATO IV

CENA I - A CELA DE FREI LOURENÇO

[Entram FREI LOURENÇO e PÁRIS.]

FREI LOURENÇO Na quinta-feira, senhor? É pouco tempo para o preparo.

PÁRIS Meu pai Capuleto assim deseja;
E não serei eu a me opor a tal pressa.

FREI LOURENÇO O senhor diz que não sabe o que pensa a senhorita.
Não é o procedimento correto; não gosto disso.

PÁRIS A dama chora sem parar pela morte de Teobaldo,
Portanto, não me sobrou espaço para falar de amor;
Pois Vênus não sorri numa morada de lágrimas.

Agora veja, senhor: o pai dela
considera perigoso
Que ela ceda tão onerosamente ao pesar,
E, em sua sabedoria, apressa
nosso casamento,
Para deter a inundação de
suas lágrimas.
Quando está só, pensa demais no luto,
E a companhia de um marido pode
distraí-la.
Eis aí, agora sabes o motivo para
adiantarmo-nos.

FREI LOURENÇO *[Aparte.]*
Queria era não saber o motivo
para protelarmos...
Olhe: vem vindo a senhorita, em
direção à minha cela.

[Entra JULIETA.]

PÁRIS Que feliz coincidência, minha dama e
minha esposa!

JULIETA Poderei sê-lo, senhor, quando eu for esposa de alguém.

PÁRIS Poderá sê-lo, e será, amor, na próxima quinta-feira.

JULIETA O que tiver de ser será.

FREI LOURENÇO Sábias palavras.

PÁRIS Vieste aqui confessar-te com este padre?

JULIETA Para respondê-lo, teria que me confessar com o senhor.

PÁRIS Não negues a ele que me amas.

JULIETA O que posso fazer é confessar a ti que amo a ele.

PÁRIS E também confessarás, tenho certeza, que me amas.

JULIETA Se assim o fizer, minhas palavras valerão mais

	Se faladas às tuas costas, não à tua fronte.
PÁRIS	Pobre alma, teu rosto está maltratado pelas lágrimas.
JULIETA	As lágrimas têm pouco a reivindicar neste sentido; Pois meu rosto já estava maltratado antes.
PÁRIS	Prejudicas mais teu rosto com essas palavras do que com lágrimas.
JULIETA	Não se trata de uma injúria, senhor, e sim da verdade, E o que falei de minha cara, falei em minha cara.
PÁRIS	Teu rosto é meu, e tu o caluniaste.
JULIETA	Talvez seja, pois meu ele não é. O senhor está livre agora, santo padre? Ou devo voltar depois da missa?

FREI LOURENÇO Estou disponível, minha
filha pensativa.
Meu senhor, nos deixe a sós.

PÁRIS Deus me livre perturbar a devoção!
Julieta, na quinta-feira, de manhã cedo,
a tomarei.
Até lá, *adieu*; fique com este
beijo sagrado.

[Sai.]

JULIETA Ó, fecha a porta e, quando o
tiveres feito,
Chora comigo. Não há esperança, cura
ou milagre!

FREI LOURENÇO Ó, Julieta, estou ciente de tua dor;
E tão complicada é que estou aquém de
solucioná-la.
Soube que foi coagida, sem margem
para delongas,
A casar-se com o Conde na quinta-feira.

JULIETA Não me digas, Frei, que o senhor
soubeste disso,

A menos que saibas me dizer como isso
pode ser evitado.
Se mesmo com a tua sabedoria não
consegues me ajudar,
Então diz que é sábia a
minha resolução,
Que com esta faca
brutalmente executarei.
Deus uniu meu coração ao de Romeu,
E antes que esta mão, por ti entrelaçada
à de Romeu,
Receba o selo de outro contrato,
E antes que meu coração sincero, em
revolta traiçoeira,
Seja entregue a outro, esta faca tirará a
vida de ambos.
Portanto, a partir de teus muitos anos
de experiência,
Dá-me algum conselho agora, ou assiste
Em meio a minhas dores, esta
faca sangrenta
Atuar como o juiz que deliberará o caso
Que todo o peso de tua idade e estudo
Não pôde resolver de forma verdadeira
e honrada.

Não demores para responder. Eu
quero morrer
Se o que o senhor disseres não remediar
a situação.

FREI LOURENÇO

Calma lá, filha. Há ainda
certa esperança,
Que demandará uma execução
tão desesperada
Quanto a desesperada resolução que
queremos evitar.
Se para escapar do casamento com o
Conde Páris
Tens força de vontade para tirar a
própria vida,
Então é provável que aceites engendrar
Ardil que encarne a morte, a fim de
encerrar a vergonha,
Que se equiparou à própria morte.
Se te atreves, dar-te-ei um remédio.

JULIETA

Ó, para não me casar com Páris, aceito
até sugestão
De atirar-me das ameias daquela torre,

De andar nos becos dos ladrões, ou
de pisar
No ninho das serpentes. Acorrenta-me
a ursos famintos;
Ou me tranca à noite em um jazigo
Cheio de ossos e restos humanos,
Por mais pútrido o cheiro e por mais
amarelados os crânios.
Ou ainda me manda entrar em uma
cova recém-cavada
E deitar-me abraçada com um defunto
em seu sudário.
Todas essas coisas que, só de escutar,
me fariam tremer,
Eu realizaria sem medo, dúvida
ou hesitação,
Para continuar esposa imaculada de
meu doce amor.

FREI LOURENÇO

Então aguarda. Vai para casa, alegra-te
e concorda
Em se casar com Páris. Amanhã é
quarta-feira;
Quarta à noite, dá um jeito de te
recolher sozinha,

Não deixes a ama deitar-se contigo em
teu quarto.
Leva este frasco e, quando estiver
na cama,
Bebe todo o conteúdo deste
líquido destilado.
E então correrá em tuas veias
um humor
Frio e sonolento; o pulso
não conseguirá
Seguir seu curso natural e
será interrompido.
Não haverá calor ou respiração que
ateste sua vitalidade,
O rosado de teus lábios e de tuas
faces desaparecerá
E dará lugar à palidez cinza; tuas
pálpebras se fecharão,
Como a morte fecha a janela do dia
da vida.
Cada parte de teu corpo será privado
de controle,
E ficará rígida e gélida, como a
dura morte.

Tal semelhança emprestada da
austeridade mortal
Se manterá por quarenta e duas horas,
ao que despertarás
Como se tivesses tirado
agradável cochilo.
Quando o noivo chegar pela manhã,
Para tirar-te de tua cama, lá estarás,
morta.
Então, como é costume em nossa terra,
Em teus melhores trajes, em
caixão aberto,
Serás carregada até o velho mausoléu
Onde jazem todos os Capuleto.
No meio tempo, antes de acordares,
enviarei cartas
Ao teu Romeu, para informá-lo de
nossa arapuca
E ele deverá retornar. Quando chegar,
nós dois
Observaremos teu despertar, e nessa
mesma noite
Romeu te levará embora para Mântua.
Estarás, então, liberta da vergonha que
a assola,

Se nenhuma inconsequência infantil ou temor feminino
Dizimarem tua coragem de encenar o ato final.

JULIETA Dá-me o frasco, dá-me frasco! Ó, não me fales de temores!

FREI LOURENÇO Toma, e agora vai embora, e sê forte e próspera
Nesta resolução. Enviarei um frei o mais rápido que puder
A Mântua, com minhas cartas para teu marido.

JULIETA Que o amor me dê força, e a força me dê auxílio.
Adeus, querido padre.

[Saem.]

CENA II - UM SALÃO DA CASA DOS CAPULETO

[Entram CAPULETO, LADY CAPULETO, AMA e CRIADOS.]

CAPULETO Convide apenas quem está nesta lista.

[Sai o PRIMEIRO CRIADO.]

Rapaz, contrate vinte
excelentes cozinheiros.

SEGUNDO CRIADO O senhor não terá nenhum cozinheiro ruim, pois testarei os candidatos fazendo-os lamber os próprios dedos.

CAPULETO E como poderás testá-los assim?

SEGUNDO CRIADO É cozinheiro ruim aquele que não consegue lamber os próprios dedos; portanto, aqueles que não lamberem os próprios dedos não terão vez comigo.

CAPULETO Vai, desapareça.

[Sai o SEGUNDO CRIADO.]

Faltará muita pompa desta vez.
O quê, minha filha foi ver o
frei Lourenço?

AMA Sim, foi.

CAPULETO Bem, pode ser que ele consiga incutir-
lhe algum juízo.
É uma rapariga teimosa e impertinente,
a fedelha.

[Entra JULIETA.]

AMA Veja, lá vem ela, com olhar iluminado
depois da confissão.

CAPULETO Ora, ora, minha cabecinha dura! Por
onde andaste?

JULIETA Fui aonde aprendi a me arrepender
do pecado
Da oposição desobediente ao senhor
E às tuas ordens; fui orientada,
Pelo santo Lourenço, a
prostrar-me aqui,

E pedir-lhe perdão. Portanto,
perdoe-me, suplico-lhe.
Daqui em diante, seguirei cegamente
teus comandos.

CAPULETO Mandem chamar o Conde e contem-
lhe sobre isto.
Darei o nó que os amarrará amanhã
de manhã.

JULIETA Cruzei com o jovem senhor na cela
de Lourenço,
E dei-lhe todo o amor que possuía
em mim,
Sem ultrapassar os limites da modéstia.

CAPULETO Fico feliz. Muito bem, filhinha.
Levante-se.
Assim é como as coisas devem ser.
Preciso ver o Conde.
Alguém vá buscá-lo, depressa. Traga-o
para cá.
Por Deus, a esse reverendo, santo,
ungido Frei,
Nossa cidade inteira deve muito.

JULIETA Ama, queres vir comigo até meu quarto
Ajudar-me a escolher os ornamentos necessários
E mais adequados para me enfeitar amanhã?

LADY CAPULETO Não, não até quinta-feira. Há tempo de sobra.

CAPULETO Vá, ama, vá com ela. Iremos à igreja amanhã.

[Saem JULIETA e AMA].

LADY CAPULETO Faltarão provisões para a cerimônia.
Agora já é quase noite.

CAPULETO Ora, darei um jeito,
E tudo dará certo, eu te garanto, esposa.
Vá ao quarto de Julieta, ajude a embelezá-la.
Não dormirei esta noite, deixem-me sozinho.

Farei o papel de dona da casa desta vez.
Alô?
Já saíram todos. Bem, eu mesmo
vou andando,
Procurar o Conde Páris e prepará-lo
para amanhã.
Meu coração está radiante, saltitante
Desde que a mocinha caprichosa cedeu.

[Saem.]

CENA III - O QUARTO DE JULIETA

[Entram JULIETA e a AMA.]

JULIETA

Sim, essa é a melhor opção de traje.
Mas, doce ama,
Peço que me deixes sozinha esta noite;
Pois preciso orar muito aos céus
Para comovê-los a sorrir para
minha situação,
Que, sabes, é contraditória e cheia
de pecado.

[Entra LADY CAPULETO.]

LADY CAPULETO

Estão ocupadas? Precisam de
minha ajuda?

JULIETA

Não, senhora; já reunimos todos os
itens,
Tanto necessários quanto desejáveis,
para amanhã.
Portanto, por favor, deixe-me
ficar sozinha,
Leve minha ama para ficar contigo
esta noite,

Pois tenho certeza de que a senhora está com mãos cheias
Devido aos preparativos dessa cerimônia tão repentina.

LADY CAPULETO Boa noite.
Vai para a cama e descansa, pois precisas de repouso.

[Saem LADY CAPULETO e AMA.]

JULIETA Adeus. Só Deus sabe quando nos veremos de novo.
Um arrepio percorre minhas veias
E quase congela o calor da minha vida.
Vou chamá-las de volta para me reconfortarem.
Ama!... Mas o que ela poderia fazer aqui?
Devo encenar a cena macabra sozinha.
Vamos lá, frasco da esperança.
E se esta mistura não funcionar?
Devo me casar amanhã de manhã?
Não, não! Isto aqui não permitirá.
Venha deitar comigo.
[*Deita a adaga ao lado de si.*]

E se isso for um veneno, que de forma
sutil
O Frei persuadiu-me a ministrar em
mim mesma,
Provocando minha morte e evitando
a desonra
De casar-me novamente, depois de
unir-me a Romeu?
Temo que sim. E, no entanto, não
o creio,
Pois sempre provou-se homem santo.
E se, quando eu for colocada na tumba,
Eu acordar antes da hora em
que Romeu
Chegará para me levar? Que horror!
Será que não sufocarei no mausoléu,
Cuja boca não absorve nenhum
ar saudável,
Morrendo assim asfixiada antes de
rever meu Romeu?
Ou, se eu viver, não é bastante
provável que
O horrível conceito de morte e noite,
Junto com o terror do lugar,
Uma tumba, um antigo receptáculo,

Onde, por muitos séculos, os ossos
De meus antepassados acumularam-se;
Onde Teobaldo, defunto ainda fresco
na terra,
Jaz apodrecendo em sua mortalha;
onde, como dizem,
Em altas horas, os espíritos se reúnem;
enlouqueçam-me?
Ai de mim, ai de mim! Não é provável
que eu,
Despertando antes da hora, em meio a
odores repugnantes
E gritos agudos como os de
mandrágoras arrancadas da terra,
Do tipo que leva à loucura, enlouqueça?
Ó, se eu acordar, não hei
de enlouquecer,
Envolvida por todos esses
medos hediondos?
E começar a brincar com os ossos de
meus antepassados?
E arrancar Teobaldo, mutilado, de
sua mortalha?

E, neste rompante, pegar o osso de um parente ilustre,
Como se fosse um porrete, e atingir meu cérebro desesperado?
Ah, veja, acho que aquele ali é o fantasma de meu primo
Procurando por Romeu, que tirou a vida de seu corpo
Com a ponta de uma rapieira. Espere, Teobaldo, fique!
Romeu, Romeu, Romeu, um brinde! Bebo a ti.

[Atira-se na cama.]

CENA IV - UM SALÃO DA CASA DOS CAPULETO

[Entram LADY CAPULETO e a AMA.]

LADY CAPULETO Espere. Pegue estas chaves e traga mais especiarias, ama.

AMA Estão pedindo tâmaras e marmelos para as tortas.

[Entra CAPULETO.]

CAPULETO Vamos, mexam-se! O galo já cantou duas vezes,
E o toque de recolher já soou. São três horas.
Vigie as carnes assadas, boa Angélica;
Não economize em nada.

AMA Saia daqui, virou mulher agora?
Vá para a cama; amanhã estará doente
Se passar a noite em claro.

CAPULETO Não mesmo. Ora! Já passei a noite em claro
Por motivos mais torpes, e nunca adoeci.

LADY CAPULETO Sim, o senhor já foi um caçador de rato na sua época;
Mas agora não permitirei que vire a noite assim.

[Saem LADY CAPULETO e a AMA.]

CAPULETO Isso é ciúme, ciúme!

[Entram os CRIADOS, com espetos, lenha e cestas.]

O que tem aí, companheiro?

PRIMEIRO CRIADO Coisas para o cozinheiro, senhor; mas não sei o quê.

CAPULETO Ande logo.

[Sai o PRIMEIRO CRIADO].

Ei, tu, rapaz, traz lenha mais seca.
Procure Pedro, ele mostrará
onde arranjar.

SEGUNDO CRIADO Tenho cabeça, senhor, para achar a lenha
Sem que eu precise incomodar Pedro.
[*Sai.*]

CAPULETO Muito perspicaz, muito espertinho.
Filho d'uma égua! Tua cabeça servirá para encontrar lenha.
Meu Deus, já é dia. O Conde vem aí com os músicos;
Foi o que disse que faria. Ouço-o aproximando-se.

[Ouve-se música.]

Ama! Esposa! Venham aqui! Vamos, ama, vem logo!

[Volta a AMA.]

Vai acordar Julieta e deixa-a bem bonita.
Vou conversar com Páris. Vai rápido, apressa-te!
Apressa-te; o noivo já está vindo!
Apressa-te, caramba!

[Saem.]

CENA V - O QUARTO DE JULIETA; JULIETA NA CAMA

[Entra a AMA.]

AMA Senhorita! Alô, senhorita! Julieta!
Ainda estás dormindo? Ora,
carneirinho!
Vamos, acorda! Senhorita! Querida!
Docinho! Noivinha!
Nem uma palavra? Aproveita enquanto
pode, dorminhoca.
Que o sono valha por uma semana,
pois, na próxima noite,
Eu garanto, o Conde Páris deixará
de dormir
Para que tu não tenhas descanso. Deus
que me perdoe!
Como ela está dormindo pesado!
Preciso acordá-la. Senhorita, senhorita,
senhorita!
Ora, preferes que o Conde te tire
da cama?
Vais tomar um belo susto, eu creio.
Não é?
O quê? Estás vestida? Enfeitaste-te e
capotaste de novo?

Preciso acordá-la. Senhorita! Senhorita!
Senhorita!
Ai de mim! Socorro, socorro! Minha patroa está morta!
Ó, maldito o dia em que nasci!
Aqua vitae, depressa! Meu senhor!
Minha patroa!

[Entra LADY CAPULETO.]

LADY CAPULETO Que barulho é esse?

AMA Ó, que dia lamentável!

LADY CAPULETO O que está acontecendo?

AMA Olhe, olhe! Ó, que dia terrível!

LADY CAPULETO Meu Deus! Minha filha, minha única vida.
Volte! Olhe para mim, ou morrerei contigo!
Socorro, socorro! Chame ajuda!

[Entra CAPULETO.]

CAPULETO Mas que vergonha, tragam logo essa
Julieta, o noivo já chegou!

AMA Ela está morta, ela morreu! Que
dia horrível!

LADY CAPULETO Meu Deus, ela morreu, ela morreu,
ela morreu!

CAPULETO Deixe-me vê-la. Ai de mim! Ela
está fria.
O sangue está parado, e as juntas
estão rígidas.
A vida e estes lábios estão separados há
muito tempo.
A morte repousa sobre ela como uma
geada inoportuna
Sobre a flor mais doce de todos
os campos.

AMA Ó, que dia lamentável!

LADY CAPULETO Ó, tempos sombrios!

CAPULETO A morte, que a tomou de nós só para me desesperar,
Amarra minha língua e não me permite dizer nada.

[Entram FREI LOURENÇO e PÁRIS, com os músicos.]

FREI LOURENÇO A noiva está pronta para ir à igreja?

CAPULETO Pronta para ir e nunca mais voltar.
Ó, filho, na noite anterior ao dia do teu casamento
Deitou-se a morte com tua noiva. Aí ela jaz,
Antes flor, agora deflorada pela morte.
Meu genro é a morte, meu herdeiro é a morte;
Minha filha foi pela morte desposada.
Vou morrer.
Deixo-lhe tudo: à morte pertencem a vida e o viver.

PÁRIS Esperei muito para vislumbrar o semblante deste dia,
E esta é a visão com que sou agraciado?

LADY CAPULETO Dia maldito, infeliz, miserável, odioso!
Hora mais miserável que o tempo já viu
Na eterna labuta de sua peregrinação.
Uma filha, uma pobre e amorosa filha,
Uma única coisa com que se alegrar e se consolar,
E a morte cruel tem a pachorra de arrancá-la de minha vista.

AMA Ai de mim! Ó, que dia abominável.
Que dia mais lamentável, que dia mais infeliz;
Jamais vi dia mais desgraçado!
Ó, dia! Ó, dia! Ó, dia! Ó, odioso dia!
Nunca se viu um dia tão sombrio como este.
Ó, dia miserável, ó, dia infernal!

PÁRIS Ludibriado, divorciado, injustiçado, escarrado!
Aniquilado! Detestável morte, por ti traído,
Por tua crueldade, derrubado.
Ó, amor! Ó, vida! Não há vida, só amor na morte!

CAPULETO Desprezado, angustiado, odiado, martirizado, morto.
Tempo inconveniente, por que vens agora
Assassinar nossa solenidade?
Ó, filha! Minha alma, e não minha filha,
Está morta. Ai de mim, minha filha morreu,
E, com ela, enterram-se minhas alegrias.

FREI LOURENÇO Calma, que vergonha. Não há cura para a confusão
Enquanto todos estão confusos. O Céu e o senhor
Dividiam esta bela donzela, e agora o Céu a tem só para si.
Assim é melhor para a donzela.
A parte que lhe cabia, o senhor não poderia salvar da morte,
Ao passo que o Céu preserva a parte dele na vida eterna.
O senhor sempre procurou o melhor para sua filha,

Pensavas que casá-la nobremente seria o
maior dos paraísos.
Agora choras, vendo que ela
está nobremente
Acima das nuvens, tão alta quanto o
próprio Céu?
Ó, teu amor por tua filha está
tão doente
Que enlouqueces vendo que ela
está bem.
Não está bem-casada aquela que vive
muito tempo ao lado do esposo;
Mais bem casada é a esposa que parte
cedo para seu compromisso superior.
Seca tuas lágrimas e busca
os rosmaninhos
Para adornar esse belo cadáver e, como
é o costume,
Carrega-a até a igreja vestida em suas
melhores roupas;
Embora nossa natureza nos induza
a lamentar,
A razão ri do lamento em excesso.

CAPULETO Tudo que encomendamos para
os festejos
Trocam de propósito para o
fúnebre cortejo:
Os instrumentos serão os
sinos melancólicos;
O banquete de casamento será o belisco
do velório;
Os hinos solenes de bodas serão as
lamentações amargas;
As flores do buquê de noiva enfeitarão
o caixão do cadáver;
Todas as coisas transformaram-se em
seu oposto.

FREI LOURENÇO Senhor, entra; e, senhora, vai com ele.
E vai, sr. Páris; todos se preparem
Para acompanhar o belo cadáver até
a sepultura.
O Céu cai sobre vós porque cometestes
alguma falha;
Não deixais o Céu mais zangado,
questionando sua vontade superior.

[Saem CAPULETO, LADY CAPULETO, PÁRIS e FREI.]

PRIMEIRO MÚSICO Podemos guardar nossos instrumentos e ir embora.

AMA Bons homens, guardem
seus instrumentos.
Esse é o mais lastimável dos casos.

PRIMEIRO MÚSICO Por Deus, o caso é doloroso.

[Sai a AMA.]

[Entra PEDRO.]

PEDRO Ó, músicos, "Coração sossegado", "Coração sossegado". Se querem me ver saltitante, toquem "Coração sossegado".

PRIMEIRO MÚSICO Por que "Coração sossegado"?

PEDRO Ó, músicos, porque dentro de mim só toca "Meu coração aflito". Ó, toquem para mim alguma música alegre para me consolar.

PRIMEIRO MÚSICO Não devemos, agora não é o momento de tocar.

PEDRO Não tocarão então?

PRIMEIRO MÚSICO Não.

PEDRO Então, lhes darei o que merecem.

PRIMEIRO MÚSICO O que você vai nos dar?

PEDRO Nem um centavo, isso eu garanto!
Seus menestréis!

PRIMEIRO MÚSICO Pois então eu lhe chamarei de escravo.

PEDRO Pois então afundarei a adaga de um
escravo em seu crânio. Entendeu?

PRIMEIRO MÚSICO Pode vir sem dó, pois nós o faremos
tomar nota.

SEGUNDO MÚSICO Por favor, seja esperto e guarde
sua adaga.

PEDRO Serei esperto, para vosso prejuízo.
Com a adaga guardada, os guardarei
no bolso.

Respondam-me como homens:
"Quando o luto sufocante enforca
o coração,
E a fúnebre tristeza oprime a mente,
A música com seu som prateado..."
Por que "som prateado"? Por que
"música com seu som prateado"?
O que me diz, Simão Acordeão?

PRIMEIRO MÚSICO Ora, senhor, porque a prata tem um som suave.

PEDRO Bobagem. O que me diz, Zeca Rabeca?

SEGUNDO MÚSICO Digo que é "som prateado" porque os músicos tocam em troca de prata.

PEDRO Bobagem também! O que me diz, Marcelo Violoncelo?

TERCEIRO MÚSICO Dê fé, não sei o que dizer.

PEDRO Ó, misericórdia, cante por mim!
Responderei. A "música com seu som

prateado" assim o é porque os músicos não adornam com ouro os problemas. "Então, a música com seu som prateado Vem reanimar-me celeremente."

[Sai.]

PRIMEIRO MÚSICO Que patife pestilento!

SEGUNDO MÚSICO Que se dane o miserável. Vamos, vamos entrar. Esperaremos os enlutados e aproveitaremos para jantar.

[Saem.]

ATO V

CENA I - MÂNTUA. UMA RUA

[Entra ROMEU.]

ROMEU Se posso confiar na ótica lisonjeira do sono,
Meus sonhos pressagiam boas novas.
O senhor de meu peito senta-se tranquilo em seu trono;
O dia todo, um sentimento incomum tem me tocado,
Elevando-me do chão com pensamentos alegres.
Sonhei que minha esposa me encontrava morto —
Estranho sonho, no qual um morto consegue pensar! —
E com seus beijos soprou tanta vida em meus lábios
Que voltei à vida e me tornei imperador.
Ai de mim! Quão doce é o amor em si mesmo,
Até sua penumbra é rica em júbilo.

[Entra BALTASAR.]

Notícias de Verona! Desembucha, Baltasar!
Não me trazes cartas do Frei?
Como está minha esposa? Meu pai está bem?
Como está minha Julieta? Pergunto outra vez;
Pois nada pode estar mal se ela estiver bem.

BALTASAR Então ela está bem, e nada pode estar mal.
O corpo dela jaz no mausoléu dos Capuleto,
E sua parte imortal mora com os anjos.
Eu a vi deitada no jazigo da família,
E logo vim para informá-lo.
Perdoe-me por ser o portador destas más notícias,
Mas foi a missão que o senhor me deixou.

ROMEU É isso mesmo? Então eu vos desafio, estrelas!
Tu sabes onde estou. Traze-me tinta e papel
E aluga cavalos. Partirei hoje à noite.

BALTASAR Suplico-lhe, senhor, tenha paciência.
Teu rosto está pálido, fora de si,
E parece prestes a se engajar em desgraça.

ROMEU Estás enganado.
Vai logo e faze o que eu mandei.
Não tens nenhuma carta do Frei?

BALTASAR Não, meu bom senhor.

ROMEU Não importa. Vai-te embora,
E aluga uns cavalos. Logo estarei contigo.

[Sai BALTASAR.]

Bem, Julieta, estarei contigo esta noite.
Veremos se há meios. Ó, diabo, tu és rápido
Para se infiltrar na mente de
homens desesperados.
Lembro-me que há um boticário, não
longe daqui,
Que já me chamou a atenção antes:
Maltrapilho, de fisionomia carregada,
coletando ervas,
Desgastado até os ossos pela miséria;
Em sua espelunca, havia tartaruga pendurada,
Um jacaré empalhado, e outras peles
De peixes estranhos; e sobre as prateleiras,
Uma coleção de caixas surradas e vazias,
Vasos de barro verde, frascos e sementes mofadas;
Havia pedaços de corda e pétalas de rosa secas
Espalhados para disfarçar a pobreza.
Ao ver tal penúria, disse a mim mesmo que,
Se um homem precisar de um veneno,

Cuja mera venda dá em sentença de morte
em Mântua,
Aqui vive um pobre infeliz que o venderia.
Aquele pensamento antecipou minha necessidade,
E será aquele homem carente a me vender
o veneno.
Se me lembro corretamente, essa deve ser a casa.
Como é feriado, a loja do indigente está fechada.
Alô, alô! Boticário!

[Entra o BOTICÁRIO.]

BOTICÁRIO Quem me grita?

ROMEU Venha cá. Vejo que o senhor é pobre.
Aqui tem quarenta ducados. Arrume-me
Um dracma de veneno, um que seja veloz,
Que se disperse por todas as veias,
Que faça o sujeito exausto cair morto
E o corpo se aliviar do fardo da respiração,
Tão eficaz e rápido quanto um pavio aceso
Precipita a bala para fora do ventre do
canhão fatal.

BOTICÁRIO Tenho tais drogas mortais, mas a lei de Mântua
Decreta morte para qualquer um que
as distribuir.

ROMEU O senhor é pobre, infeliz e miserável,
E ainda tem medo de morrer? A fome assola
teu rosto,
A necessidade e o sofrimento estampam teu olhar;
O desprezo alheio por tua mendicância pesam
tuas costas.
O mundo não é teu amigo, e nem a lei do mundo;
O mundo não oferece nenhuma lei que te
faça rico;
Então não continue na miséria, viole a lei e
aceite isto.

BOTICÁRIO É a minha pobreza que aceita, não
minha vontade.

ROMEU Pagarei à tua pobreza, não à tua vontade.

BOTICÁRIO Ponha isto em qualquer líquido e beba.
Ainda que tivesse a força de vinte homens
A substância o mataria imediatamente.

ROMEU Aqui está o teu ouro, o pior veneno para as almas dos homens,
Que cometem mais assassinatos neste mundo abominável
Do que esses inocentes compostos que não podes vender.
Eu que vendo o veneno, e o senhor não me vendeu nenhum.
Adeus. Compre comida e preencha de carne esse invólucro.
Venha, bebida cordial e amiga. Não és veneno.
Venha comigo até a sepultura de Julieta, pois é lá que devo usá-la.

[Saem.]

CENA II - A CELA DE FREI LOURENÇO

[Entra FREI JOÃO.]

FREI JOÃO Santo frei franciscano! Alô, irmão!

[Entre FREI LOURENÇO.]

FREI LOURENÇO Essa só pode ser a voz de Frei João.
Bem-vindo de Mântua. O que
disse Romeu?
Ou me dê a carta, caso tenha escrito ao
invés de dizer.

FREI JOÃO Procurei um irmão descalço,
De nossas ordem, para me acompanhar.
Como o sujeito esteve visitando doentes
na cidade,
Ao darem de cara com ele, os guardas
da fronteira
Suspeitaram que nós dois
tivéssemos estado
Em casa onde reinasse
pestilência infecciosa.
Fecharam os portões e não nos
deixaram passar.
Logo, minha viagem a Mântua nem
chegou a começar.

FREI LOURENÇO Então quem levou minha carta
para Romeu?

FREI JOÃO Não pude enviá-la; aqui está ela, tome.
Nem consegui um mensageiro para
devolvê-la a ti,
Tão temerosos estavam da infecção.

FREI LOURENÇO Destino infeliz! Pela minha irmandade,
A carta não era formal, mas estava
cheia de instruções
Muito importantes. E a negligência
desta entrega
Pode causar muitos danos. Frei João,
depressa,
Traga um pé de cabra imediatamente
E entregue-me aqui, em minha cela.

FREI JOÃO Irei, irmão, e trarei o que pedes.

[Sai.]

FREI LOURENÇO Agora preciso ir sozinho ao jazigo.
Dentro de três horas, a bela
Julieta acordará.

Vai me amaldiçoar quando souber
que Romeu
Não foi avisado sobre tudo;
Mas escreverei outra vez para Mântua,
E vou esconder Julieta em minha cela
até Romeu chegar.
Pobre cadáver vivo, enterrado em meio
aos mortos.

[Sai.]

CENA III - UM CEMITÉRIO; NELE, UM MAUSOLÉU PERTENCENTE AOS CAPULETO

[Entram PÁRIS e seu PAJEM, com flores e uma tocha.]

PÁRIS

Dê-me esta tocha, rapaz. Espere-me em outro lugar.
Aliás, apague-a, pois não quero que me vejam.
Fique próximo àqueles teixos,
Com o ouvido junto a este chão oco;
Para que ninguém ponha o pé neste cemitério
De solo incerto, cheio de sepulturas,
Sem que tu ouças. Assobia para mim,
Como sinal de que ouves algo se aproximando.
Dê-me essas flores e faça o que digo, vá!

PAJEM

[Aparte.]
Quase tenho medo de ficar sozinho
Aqui no cemitério; no entanto, aventurar-me-ei.

[Retira-se.]

PÁRIS Minha doce flor, com flores cubro teu leito nupcial.
Ó, dor, teu dossel é poeira e pedras.
Regarei teu descanso com água perfumada, como orvalho,
Ou com lágrimas destiladas por meus suspiros.
São os ritos fúnebres com que te homenagearei.
As flores, para embelezar; meu pranto, para regar.

[O PAJEM assobia]

O rapaz está me avisando de que algo se aproxima.
Que pés malditos vagueiam por aqui à noite,
Para interromper a solenidade de meu amor verdadeiro?
Com uma tocha, ainda por cima?
Noite, oculta-me.

[Retira-se.]

[Entram ROMEU e BALTASAR com uma tocha, enxada e pé de cabra.]

ROMEU

Dê-me essa enxada e o pé de cabra.
Espere, pegue esta carta; de manhã cedo
Entregue-a sem falta a meu pai
e senhor.
Dê-me a luz; por tua vida, apelo a ti:
Não importa o que ouvir ou ver,
mantém distância
E não me interrompas em
momento algum.
Desço até este leito de morte, em parte,
Para contemplar o rosto de
minha amada,
Mas principalmente para tirar de seu
dedo morto
Um precioso anel, um anel que
devo usar
Em momento crítico. Portanto,
desaparece.
Se, curioso, voltares para bisbilhotar
O que pretendo executar,
Juro pelos céus que mutilarei
teus membros,
E espalharei teus pedaços por este
cemitério faminto.
São tempos e intentos selvagens;
Mais ferozes e inexoráveis

Do que tigres famintos ou
mares revoltos.

BALTASAR

Vou embora, senhor, e não
o incomodarei.

ROMEU

Assim me mostra boa amizade. Fique
com isto.
Viva e seja próspero. Adeus, leal amigo.

BALTASAR

Ainda assim, esconder-me-ei aqui
por perto.
Temo o olhar em seu rosto e desconfio
de suas intenções.

[Retira-se.]

ROMEU

Bocarra detestável, barriga da morte,
Empanturrou-se com o bem mais
precioso da terra,
Ordeno que tuas mandíbulas podres
se abram.
[*Abre à força a porta do mausoléu.*]
E, para empanziná-la, venho te encher
com mais comida.

PÁRIS

Eis o arrogante Montéquio banido,
O assassino do primo de meu amor,
cujo luto,
É justo supor, levou à morte da bela
criatura.
Agora ele vem aqui, para cometer
alguma vilania
Com os cadáveres. Hei de impedi-lo.
[*Avança.*]
Pare já com teu plano profano,
vil Montéquio.
Pode uma vingança se prolongar para
além da morte?
Vilão condenado, esteja preso em nome
da lei.
Obedeça e venha comigo, pois
deves morrer.

ROMEU

De fato, devo, e por isso vim até aqui.
Bom e gentil rapaz, não provoque um
homem desesperado.
Fuja daqui e me deixe. Pense naqueles
que se foram;
Deixe que eles o espantem. Eu suplico,
rapaz,
Não coloque outro pecado em
minha consciência,

Exortando-me à fúria. Vá embora.
Pelos céus, eu o amo mais do que a
mim mesmo;
Pois vim aqui armado contra
mim mesmo.
Vai-te embora, vive, e doravante dirás
Que a misericórdia de um louco
te salvou.

PÁRIS Desafio tua ordem
E o declaro preso, seu criminoso.

ROMEU Opta por me provocar? Então,
prepare se, garoto!

[Lutam.]

PAJEM Ó, Senhor, estão lutando! Vou chamar
a guarda.

[Sai.]

PÁRIS Ó, estou morto!
[Cai.]
Se fores misericordioso,
Abre a tumba e deita-me com Julieta.
[Morre.]

ROMEU

Na verdade, farei isso. Deixe-me ver esse rosto.
O parente de Mercúcio, o nobre Conde Páris!
O que disse meu criado, quando minha alma angustiada
Não lhe deu um pingo de atenção ao longo do caminho?
Ele me disse que Páris ia se casar com Julieta.
Não foi isso? Ou será que sonhei?
Ou enlouqueci e, ouvindo-o falar de Julieta,
Pensei que falava isso? Ó, dá-me tua mão,
Tu que entras para o mesmo livro de amargo infortúnio.
Eu te enterrarei em uma sepultura triunfante.
Uma sepultura? Não, jovem assassinado,
Pois aqui jaz Julieta, e sua beleza faz
Deste mausoléu um salão cheio de luz.
Descanse aí em paz, morto sepultado por um morto.

[Deita PÁRIS no sepulcro.]

Há vezes em que os homens à beira
da morte
Ficam alegres! Aqueles que velam
os moribundos
Entendem que é a luz da vida que
se reacende
Pouco antes da morte. Como posso
chamar isso de luz?
Ó, meu amor! A morte que sugou o mel
do teu hálito,
Ainda não teve poder de obliterar
tua beleza.
Não se deixaste dominar. O estandarte
da beleza
Ainda tinge de carmesim teus lábios e
tuas faces,
E a bandeira pálida da morte não
avançou sobre ti.
Teobaldo, estás aí nesses
panos ensanguentados?
Ó, que favor maior posso fazer a ti
Do que, com esta mão que decepou
tua juventude,

Dar fim às desventuras daquele que foi teu inimigo?
Perdoe-me, primo. Ah, querida Julieta,
Por que continuas tão linda?
Devo acreditar
Que a morte insubstancial se apaixonou por ti?
E que o monstro abominável e esquelético te prende,
Na escuridão desta tumba, para tomá-la como amante?
Temo que sim, então permanecerei para sempre contigo,
Sem partir jamais deste palácio de noite lúgubre.
Permaneço aqui, com as larvas
Que serão tuas damas de companhia.
Aqui,
Prepararei meu descanso eterno;
Do jugo de infaustas estrelas,
Liberto minha cansada carne mundana.
Olhos,
Vejam pela última vez! Braços,
Deem seu último abraço! E, lábios, portais da respiração,

Selem com um beijo este acordo
perpétuo com a morte.
Vem, condutor amargo, vem,
guia repulsivo;
Capitão desesperado, joga de vez
a embarcação
Contra as rochas impiedosas.
Um brinde ao meu amor!
[*Bebe.*]
Ó, honesto boticário!
Tuas drogas são rápidas. Assim, com
um beijo, eu morro.

[Morre. Entra, no outro lado do cemitério, FREI LOURENÇO, com uma tocha, pé de cabra e pá.]

FREI LOURENÇO Meu São Francisco! Quantas vezes,
esta noite,
Meus velhos pés tropeçaram em
sepulturas? Quem está aí?
Quem é que, tão tarde, mancomuna
com os mortos?

BALTASAR Aqui estou, um amigo, e dos antigos.

FREI LOURENÇO Que Deus te abençoe. Diga-me, meu bom amigo,
De quem é a tocha que em vão empresta sua luz
A vermes e caveiras sem olhos? Pelo que estou vendo,
Ela arde no jazigo dos Capuleto.

BALTASAR Sim, santo senhor, e lá está meu amo,
A quem tanto aprecias.

FREI LOURENÇO Quem?

BALTASAR Romeu.

FREI LOURENÇO Há quanto tempo ele está lá?

BALTASAR Há meia hora.

FREI LOURENÇO Vamos até lá.

BALTASAR Não me atrevo, senhor;
Meu amo não sabe que ainda estou aqui,
E ameaçou-me a sério de morte

Se eu ficasse para descobrir os
planos dele.

FREI LOURENÇO

Fique, então. Irei sozinho. O medo
agora cai sobre mim.
Ó, como temo uma desgraça.

BALTASAR

Enquanto cochilava debaixo
deste teixo,
Sonhei que meu amo e outro
homem lutavam,
E que meu amo o assassinava.

FREI LOURENÇO

[Avança.]
Romeu!
Meu Deus, que sangue é esse
que mancha
A entrada pedregosa deste sepulcro?
O que fazem essas espadas largadas
e ensanguentadas,
A macular este local sagrado de paz?
[*Entra no jazigo.*]
Romeu! Ó, pálido! Quem mais? O quê,
Páris também?

E coberto de sangue? Ah, que
hora amaldiçoada
Pode-se culpar por estes
eventos lamentáveis?

[JULIETA acorda e se mexe.]

A senhorita está se mexendo!

JULIETA

Ó, meu caro Frei, onde está
meu marido?
Lembro-me bem de onde eu
deveria estar...
E aqui estou. Onde está meu Romeu?

[Ouve-se um ruído.]

FREI LOURENÇO

Ouço um barulho. Senhorita, saia
desse ninho
Que é de morte, contágio e
sono antinatural.
Uma força maior, que não podemos
contrariar,
Frustrou nossos planos. Vamos,
vamos embora.

Teu marido agora só habita teu peito,
pois jaz morto;
Assim como Páris. Vamos, vou levá-la
E escondê-la numa irmandade
de freiras.
Não faça perguntas, pois a guarda
está chegando.
Vamos, vamos, boa Julieta. Não me
atrevo a ficar mais tempo.

JULIETA Então vá, pode ir embora. Eu não irei.

[Sai FREI LOURENÇO.]

O que é isto? Uma taça nas mãos de
meu verdadeiro amor?
Vejo que a causa de seu fim foi veneno.
Egoísta! Bebeste tudo e não deixaste
nem uma gota amiga
Para me ajudar depois? Beijarei
teus lábios.
Talvez ainda haja algum veneno neles
Que me devolva para a morte.
[*Beija-o*].
Teus lábios estão quentes!

PRIMEIRO GUARDA [*Dentro do jazigo.*]
Guie-nos, rapaz. Para que lado?

JULIETA Ouço um barulho? Então serei breve.
Ó, adaga feliz.
[*Pega a adaga de ROMEU.*]
Esta é tua bainha.
[*Apunhala-se*]
Enferruje dentro de mim e me
deixe morrer.

[Cai sobre o corpo de ROMEU e morre. Entram a guarda e o PAJEM de PÁRIS.]

PAJEM Este é o lugar. Ali, onde a tocha arde.

PRIMEIRO GUARDA O chão está ensanguentado. Procurem
pelo cemitério.
Vão, alguns, e prendam
quem encontrarem.

[Saem alguns dos guardas.]

Que visão infernal! Aqui está o
Conde assassinado,

E Julieta sangrando, ainda quente, recém-morta,
Embora tenha estado aqui sepultada há dois dias.
Comuniquem ao Príncipe; corram para a casa dos Capuleto.
Acordem os Montéquio e terminem de vasculhar o cemitério.

[Saem outros dos guardas.]

Vemos o chão onde jazem os aflitos,
Mas o solo de onde brotaram as aflições
Não saberemos antes de ouvirmos as circunstâncias.

[Voltam alguns dos guardas com BALTASAR.]

SEGUNDO GUARDA Eis o criado de Romeu. Nós o encontramos no cemitério.

PRIMEIRO GUARDA Segurem-no até o Príncipe chegar aqui.

[Voltam outros dos guardas com FREI LOURENÇO.]

TERCEIRO GUARDA Eis um frei que treme, suspira e chora.
Encontramos com ele esta enxada e
esta pá.
Estava vindo desse lado do cemitério.

PRIMEIRO GUARDA Bastante suspeito. Detenham o
Frei também.

[Entram o PRINCÍPE e seus SERVIÇAIS.]

PRÍNCIPE Que desventura pode ocorrer tão cedo
Para tirar nossa pessoa de seu
descanso matinal?

[Entram CAPULETO, LADY CAPULETO e outros.]

CAPULETO O que está acontecendo? Qual o
motivo do alarde?

LADY CAPULETO Alguns estão gritando "Romeu"
rua afora,
Outros, "Julieta", alguns, "Páris", e
todos correm,
Com gritos e protestos, em direção ao
nosso jazigo.

PRÍNCIPE Que pânico é este vindo nos assombrar?

PRIMEIRO GUARDA Meu soberano, aqui jaz o Conde Páris,
assassinado,
E Romeu, morto, e Julieta,
antes falecida,
Quente e recém-morta pela
segunda vez.

PRÍNCIPE Investiguem e descubram como estes
assassinatos obscenos tomaram lugar.

PRIMEIRO GUARDA Eis um frei, e o criado do
finado Romeu,
Com ferramentas adequadas para abrir
As tumbas dos mortos.

CAPULETO Ó, céus! Esposa, veja como nossa
filha sangra!
Esta adaga se enganou, pois, olhe,
sua casa,
As costas de Montéquio, está vazia,
E assim ela buscou bainha no seio de
minha filha.

LADY CAPULETO Ai de mim! Esta visão da morte é como um sino sepulcral
Que vem me advertir de minha velhice.

[Entram MONTÉQUIO e outros.]

PRÍNCIPE Venha, Montéquio. Foste acordado tão cedo
Para ver teu filho e herdeiro assim tão cedo deitado.

MONTÉQUIO Ai de mim! Meu suserano, minha esposa morreu esta noite.
A tristeza pelo exílio de meu filho tirou-lhe o ar.
O que mais conspira contra a minha idade?

PRÍNCIPE Olha e verás.

MONTÉQUIO Ó, rebelde! Que modos são esses,
Deitando-se em uma cova antes de teu pai?

PRÍNCIPE

Calem vossas bocas ultrajadas por
um momento,
Até que possamos esclarecer
essas ambiguidades,
E conhecer seu princípio, meio e fim,
E então serei o comandante de
vossos sofrimentos
E os levarei até a morte. Até lá,
acalmem-se,
E deixem que o infortúnio seja escravo
da paciência.
Tragam-me os elementos suspeitos.

FREI LOURENÇO

Sou o maior de todos, embora o
menos apto.
Mas sou o principal, pois a hora e
o lugar
Incriminam-me no caso dessas
terríveis mortes.
E aqui estou, para me acusar e
me defender,
Condenado e absolvido por
mim mesmo.

PRÍNCIPE

Então diga de uma vez o que sabe.

FREI LOURENÇO Serei breve, pois o sopro de vida que me resta
Não é tão longo para suportar um relato enfadonho.
Romeu, ali morto, era o marido daquela, Julieta,
E ela, ali morta, era a fiel esposa de Romeu.
Eu os casei, e o dia do casamento escuso deles
Foi o dia da morte de Teobaldo, cuja morte prematura
Baniu o noivo recém-casado desta cidade;
Era por ele, e não por Teobaldo, que Julieta condoía-se.
O senhor, para tirá-la do cativeiro da dor,
Arranjou-lhe um noivado e queria casá-la à força
Com o Conde Páris. Então ela veio até mim e,
fora de si, pede-me que conceba algum plano
Para livrá-la desse segundo casamento,
Ou ela se mataria em minha cela.

Usufruindo de meus conhecimentos,
portanto,
Dei-lhe uma poção sonífera, que
alcançou o efeito desejado
E conferiu à donzela a aparência da
morte. Escrevi a Romeu
Para que ele viesse aqui nesta
noite terrível
Ajudar-me a tirá-la de sua
falsa sepultura
No momento em que o efeito da
poção acabasse.
Contudo, aquele que levaria minha
carta, Frei João,
Foi detido nos portões da cidade por
acidente e,
Ontem à noite, devolveu-me a carta.
Então, sozinho,
Na hora prevista para o despertar
de Julieta,
Vim para tirá-la do mausoléu de
sua família,
Com intenção de levá-la em segredo à
minha cela
Até que eu pudesse convenientemente
chamar Romeu.

Quando cheguei, porém, um minuto
antes da hora
De seu despertar, já estavam
precocemente mortos
O nobre Páris e o fiel Romeu, estirados
ao chão.
Ela acorda, e eu lhe suplico que
parta comigo
E que se resigne ao desígnio de Deus
com paciência.
Um barulho me apressou a fugir
do túmulo,
Mas a dama, desesperada demais, não
quis vir comigo e,
Ao que parece, cometeu violência
contra si mesma.
Isso é tudo que sei; quanto
ao casamento,
A ama de Julieta sabia de tudo. Se é
culpa minha
O desastre que se desdobrou,
sacrifiquem minha velha vida
A qualquer hora antes de seu
tempo natural,
Sob o rigor da mais severa lei.

PRÍNCIPE

Nós ainda te reconhecemos como um homem santo.
Onde está o criado de Romeu? O que ele pode dizer sobre isso?

BALTASAR

Levei ao meu amo a notícia da morte de Julieta,
E no mesmo momento ele veio de Mântua
Até este lugar, até este jazigo.
Esta carta ele me pediu para entregar a seu pai,
E me ameaçou de morte, ao entrar no jazigo,
Se eu não partisse e o deixasse sozinho.

PRÍNCIPE

Dê-me a carta, eu a lerei.
Onde está o pajem do Conde, que chamou a guarda?
Garoto, o que teu amo queria neste lugar?

PAJEM

Ele trouxe flores para enfeitar o túmulo de sua noiva,
E me mandou ficar longe, e assim o fiz.

Em seguida, chegou alguém com tocha para abrir a tumba,
E então meu amo desembainhou a espada contra o sujeito.
Foi quando saí correndo para chamar a guarda.

PRÍNCIPE

Esta carta confirma as palavras do Frei.
A história de amor, a notícia da morte de Julieta.
E aqui ele escreve que comprou veneno
De um pobre boticário, e de lá veio correndo
Até esta tumba, para morrer e descansar ao lado de Julieta.
Onde estão os inimigos? Capuleto, Montéquio:
Vejam que maldição recaiu sobre vosso ódio.
Os céus encontraram meios de matar vossas alegrias com amor!
E eu, por fechar meus olhos às vossas discórdias,
Também perdi familiares. Todos fomos punidos.

CAPULETO

Ó, irmão Montéquio, me dê tua mão.
Esta é a herança de minha filha,
Não tenho nada mais a pedir.

MONTÉQUIO

Eu posso lhe oferecer mais:
Mandarei erguer uma estátua de Julieta
em ouro.
Enquanto Verona for conhecida,
Nenhuma imagem terá tanto valor
Quanto a da digna e fiel Julieta.

CAPULETO

Apenas a estátua de Romeu, também
em ouro,
Que estará ao lado da esposa: pobres
vítimas de nossa rixa.

PRÍNCIPE

Esta manhã traz uma paz sombria;
O sol, de luto, não mostrará seu rosto.
Vão e reflitam mais sobre esses
tristes fatos.
Alguns serão perdoados, e outros,
punidos,
Pois jamais houve uma história
mais triste
Do que a de Julieta e de seu Romeu.

[Saem.]